CHARADE BUNKO

Illustration

八千代ハル

CONTENTS

春の空を手の中でぎゅっと握りしめて固めたような水色の金平糖。座敷の隅にころりと落ちていたそれを見つけられたのだから、今日はいい日だ、間違いなく。

四方を高い塀で囲われた遊郭には、瓦屋根の妓楼がずらりと並ぶ。日暮れて周囲が暗くなるほど花街は明るく活気づき、清が勤める三野屋も客が次々登楼してくる。

「あら清、あんたが二階にいるなんて珍しい」

座敷の片づけを終え、廊下に出たところで後ろから声をかけられた。振り返れば、華やかな着物に身を包み、結い上げた黒髪にかんざしを挿した遊女がこちらに歩いてくる。

妓楼の長い廊下は両脇にずらりと襖が並び、その向こうから絶えず三味線の音や笑い声が漏れている。喧騒の中、遊女はするりと清の耳元に唇を寄せ「喜助の真似事？」と尋ねてきた。

喜助というのは二階で布団を上げ下げしたり、行灯に油を差したりする男性従業員たちだ。普段は客の目につかぬ裏方で飯炊きや掃除をしている清は、まさかと首を横に振った。

「人手が足りないらしくて、今日だけ僕もお手伝いさせてもらってるんです」

「なんだ。まあ、あんたじゃ喜助は無理か。酔ったお客さんを宥めるどころか、逆に手籠めにされそうだし」

清の肩から流れ落ちる黒髪に目を向け、相手は薄く笑う。

首の後ろで一つに束ねられた清の髪は長い。ほどけば胸に届くほどだ。清は今年で十七を迎えたが、同年代の男性に比べれば体つきが華奢で、顎や首筋もほっそりしている。元の色が何色だったかもわからないくすんだ灰色の着物など着ていなければ、酔った客に遊女と間違えられて袖を引かれかねない容姿だ。

控えめに笑みを返していたら、相手がひょいと膳に手を伸ばしてきた。細い指がつまみ上げたのは、清が膳の隅にこっそり置いていた金平糖だ。

「どうしたんだい、これ？」

睨むような目を向けられ、みぞおちの辺りがきゅっと固くなった。

大丈夫、拾っただけだ。悪いことをしたわけではないと自分を鼓舞し、笑顔で答える。

「さっき、お座敷の隅に転がっていたのを見つけたんです」

客が手土産に持ち込んで、座敷で遊女とたわむれに口にしているうちに一粒転がり落ちたのだろう。金平糖のような高級菓子は、遊女たちからも喜ばれる。

水色の金平糖を眺め「綺麗ですよね」と清は目を細める。次の瞬間、遊女がそれを自身の口に放り込んだ。

あっ、と声を上げた清を見て、遊女が声を立てて笑った。

「とっとと食べちゃえばよかったのに。どんくさい」

相手は清に背を向けると、ケラケラと笑いながら去っていってしまった。

清はしばしその場に立ち尽くし、膳の隅に視線を落とす。遅れて派手に腹が鳴った。

甘いものを口にできる機会など滅多にないのだから、遊女が言う通りとっとと食べてしまえばよかった。けれど青空を切り取ったような金平糖があまりに綺麗だったから、口の中ですぐに溶かしてしまうのはなんだか惜しかったのだ。

（……まあ、仕方ないよね）

肩を竦めたところで背後から「清、ぼさっと突っ立ってんな！」と喜助の怒鳴り声が飛んできた。清は「はい！」と歯切れのいい返事をして、足早に階段へ向かう。

妓楼の一階は台所や風呂、遊女たちの支度部屋や従業員たちが食事をする広間などで、ほとんど客は出入りしない。店の暖簾をくぐって登楼した客は、下足番に下駄を預けると、右手にある階段を上ってまず二階へ向かうのが常だ。階段を上る客の邪魔にならぬよう、なるべく端を歩いて階下に下りる。

清の勤める三野屋はそこそこ客入りのいい中見世だ。大見世のような格式の高さはないが、その分敷居も下がるらしく、毎晩客が引きもきらない。

客と従業員が忙しなく行き来する入り口付近の板の間を通り過ぎようとしたとき、周囲の空気がざわりとうねった。近くにいた者が揃って店の入り口に目を向けたのに気づいて、清もそちらに視線を向ける。

からころと耳に優しい下駄の音とは違う、硬質な靴の音を響かせて土間に入ってきたのは八名ほどの男性たちだ。揃って洋装というのも珍しいが、それ以上に人目を引いたのは、全員が軍服を着ていたからだった。

立襟の背広とズボンは濃紺で、足元は短靴。軍帽をかぶり、腰には軍刀までぶら下げている。

物々しい雰囲気に怯(ひる)みそうになったものの、よく見れば帽子の下から見え隠れする彼らの表情はだらしなく緩んでいる。

軍人だろうと男は男。他の客とそう変わらないのだと気を抜いたところで、集団の後方に立っていた男がふと清のいる方を見た。

周りから頭一つ背の高い男だ。目深に帽子をかぶっているせいで目元は翳(かげ)り、口元も固く引き結ばれている。他の者とは違い、少しも浮かれたところがない。

自分の何が相手の目を引いてしまったのかは知らないが、難癖をつけられては大変だ。清は軍人集団に向かって一礼すると、足早に板の間を通り抜けた。

最近は軍人が軍服のまま登楼することも珍しくないが、揃いの制服でぞろぞろやってこられると圧倒される。逃げるように台所に入ると、息をつく間もなく「清、洗い物溜(た)まってるよ！」と鋭い声が飛んできた。

清は大きな声で返事をして、台所の端に寄せられたまかないの食器を洗い始めた。

師走も近く、井戸から汲んできた水は凍りつくほどに冷たい。すぐに指先が痛くなったが、唇を噛んで作業を続ける。あかぎれだらけの手はぼろぼろだ。水から指を引きぬけば、そこかしこから血が滲む。

再びぐぅ、と腹が鳴る。まかないの食事はいつも最低限の量しかなく、育ち盛りの清はいつも腹をすかせた状態だ。

(やっぱりあの金平糖、食べておけばよかったな……)

痛みと空腹、金平糖を取り上げられた落胆などで胸の辺りがずんと重くなる。そのまま項垂れてしまいそうになり、清は慌てて背筋を伸ばした。

(食べられなかったとしても、金平糖なんて見つけられたんだから今日はいい日だ)

下がりそうになる口角をきゅっと持ち上げ、笑顔を作る。

遊郭に生まれ、物心ついた頃からずっと店の雑用をこなしてきた清に年季はなく、給料もない。一生ただ働きで、遊郭の外に出ることすら禁じられた身だ。

自由もない日々の中、せめてもの慰めに自力で小さな幸せを発見して噛みしめるのが清の癖になっていた。

分厚い雲間から青空が見えたとか、庭先の梅に今年最初の花が咲いたとか、座敷の隅で金平糖を見つけたとか、どれも些細なことばかりだが、そうやって「今日はいい日だ」と自分に言い聞かせることで、なんとかかんとか今日までできたのだ。

洗い物を終え、腰を叩いて立ち上がったところで台所にひょいと遊女が顔を出した。

「清、楼主が水持ってこいって」

台所に入ってきた遊女に鉄瓶を手渡され、清は礼を言ってそれを受け取る。台所の隅に置かれた水瓶に向かうと遊女もついてきて、ひしゃくから直接水を飲みながら「あんたも災難だねぇ」と清に声をかけてきた。

「せっかく男に生まれたってのに、なまじ可愛い顔してるもんだからあんな狸爺に目をつけられて。その髪だって楼主に言われて伸ばしてるんでしょ？　やだやだ、自分の趣味を押しつけちゃって。そのうち楼主に手籠めにされないように気をつけなさいよ」

二階でも別の遊女に同じようなことを言われたことを思い出し、清は苦笑を漏らした。

「僕、そんなに頼りなく見えますか？」

「頼りない、というよりねぇ……、あんたは手折りたくなる。掃き溜めで健気に咲いてる野の花みたいで……。なにさ、気にくわない？」

上手く反応できずに黙りこくっていたら、相手が不満げに眉を上げた。清は慌てて首を横に振ると、照れくさい気分で前髪をつまむ。

「いえ、男の僕が花にたとえられるなんて思ってもみなくて……。地味で目立たない僕よりも、庭石の方がまだ風情がありそうなのに」

くすんだ灰色の着物をまとった肩を竦めると、相手が弾けるように声を立てて笑った。

「庭石よりもあんたの方が可愛げあるよ。ほら、そんなぽやぽやした顔してると楼主に押し倒されるよ！　とっとと用事だけ済ませて帰っといで」

細腕に似合わぬ力で背中を押され、清は相手に会釈をしてから台所を出た。

遊女の中には清を陰でいじめる者もいるが、こうして気さくに声をかけてくれる者もいる。郷里に置いてきた弟を思い出すなどと言われたこともあった。

清と同じく裏方の仕事をしている者の多くは奉公人で、外に出る当てもない清は爪弾きにされることが多い。だからこそ、たまに誰かと気安い会話ができると胸が温かくなった。

些細なことでまた、今日はいい日だ、とほくほくしていた清だが、土間の脇にある内所の前に立つとさすがに表情が引き締まった。

「失礼します」

部屋の前で膝をつき、一声かけてから襖を開けた。

六畳ほどの部屋の中央に火鉢が置かれ、奥に神棚が祀られたこの内所には、妓楼を取り仕切る楼主が常時控えている。火鉢の前では、髪に白いものが交じり始めた楼主が不機嫌そうに腕を組んでいた。

「遅いじゃねぇか」と凄まれ、清は緊張した面持ちで深々と頭を下げる。

三野屋の楼主は遊女や下働きの者に直接手を上げることをしない。代わりに、腕っぷしの強い男衆を呼んで、後から苛烈な折檻を加える。だからこそ怖い。相手の前で何か失敗をしてもその場で気づくことができず、弁明の余地すら与えられないのだから。

　仕事の面でも、裏であくどいことをしているらしいともっぱらの噂だ。三野屋と同格の妓楼にわざと質の悪い客を送り込み、店内でさんざん暴れさせて相手の店の評判を落とすようなこともしているらしい。

　清は火鉢の横に膝をつくと、手元を狂わせないよう注意しながら火鉢に鉄瓶をかけた。粗相などする前に戻ろうと立ち上がりかけたが、横からふいに楼主の手が伸びてきて、ぎくりと体を強張らせる。

「随分伸びたな」

　肩から滑り落ちた清の髪に、楼主が指を絡ませる。そのまま無造作に髪を摑まれ、ゆっくりと手繰り寄せられて体が楼主の方へ傾いた。勢いよく引っ張られているわけではないが、髪のつけ根が痛んで抗えない。

「きちんと手入れはしているか？　勝手に切ったりするんじゃないぞ」

　はい、と答える声が掠れた。相手の手を振り払うことなどできるわけもなく、されるがまま楼主に体を近づける。

　楼主は清の髪を摑んだまま、もう一方の手を清の膝に置いた。

「最近ますます、朝露に似てきた」

　しゃがれた声で楼主が囁く。その顔を横目で捉えながらも、清はそちらに視線を向けることができない。普段は滅多に表情を動かさない楼主の顔が、好色そうな笑みを浮かべたのを目の端で捉えてしまって硬直した。

朝露は、かつて三野屋の売れっ妓花魁だった。艶めかしい美貌と手練手管で客を骨抜きにし、楼主ですら軽くあしらっていたというのだから恐れ入る。こんな中見世にはもったいないほどの器量よしと褒めそやされ、朝露を身請けしたいという声も後を絶たなかったが、当の朝露は並みいる誘いを袖にして、金も持っていない若い客と恋に落ちた。

人の心はままならない。どんな好条件で身請けされるも思いのままだった朝露は、好いた男の子を孕み、周囲の反対を押しきってその子を産んだ。

そうして生まれたのが、清である。

朝露は、清を産んですぐに亡くなった。男に捨てられ自ら儚くなったという噂を聞いたこともあるが、実際のところはわからない。朝露がこの妓楼の頂点に君臨していたのはもう二十年近く前のことで、妓楼内で当時をよく知る者はもはや目の前の楼主くらいだ。

遊女の産んだ子供など捨て置いてもよさそうなものを、楼主は清を店に置いてくれた。そのことに感謝していた時期もあったが、清が十五歳を迎え、楼主から「髪を伸ばせ」と命じられるようになってから、微妙に楼主に対する感じ方が変わってきた。

（……怖い）

元から楼主は怖かったが、恐怖の種類が変化しつつある。ときどき感じる、この粘りつくような視線はなんだろう。張見世に並ぶ遊女を大通りから客が眺めるときの目に似ている。勘違いであってほしいが、膝に置かれた楼主の手が、ゆっくりと這(は)い上がってきて喉の奥から小さな声が漏れた。

「失礼します」と廊下から声がかかって、楼主の手がぱっと離れた。襖を開けたのは帳場を預かる番頭だ。

顎をしゃくるようにして楼主から退室を促された清は、慌てて頭を下げて内所を出た。

廊下に出て、しっかりと内所の襖を閉めてもまだ指先が微(かす)かに震えていた。

もしも番頭があの場に現れなかったらどうなっていただろう。想像しかけて頭を振る。

悪いことを考えたってどうせこの場所から逃げることなどできないのだ。どうせならいいことを考えよう。

(大丈夫、今日はいい日だ。金平糖だって見つけたし)

自分に言い聞かせて台所に戻ろうとしたら、二階に続く階段から誰かが下りてきた。

客の邪魔にならぬよう板の間の隅を歩いていたら、背後から足音が近づいてきて突然肩を摑まれた。

振り返ると、目の前に真っ黒な壁が迫っていて驚いた。壁ではなく広い胸だと気づいて視線を上げた清は、ビクッと肩を跳ね上げた。

清の肩を摑んでいたのが、軍帽を目深にかぶった軍人だったからだ。

固く引き結ばれた口元を見て、集団で登楼した軍人たちの一人だと気づいた。浮かれた様子もなく、妓楼に足を踏み入れた直後とは思えないほど厳しい顔をしていたあの人だ。遠目にも背が高いと思ったが、近くで見ると顎が完全に上を向いてしまう。

男は清の肩を摑んだまま「少しいいか」と低い声で言う。

帽子のつばで陰になり、相手の目元はよく見えない。なんの用だか知らないが、下っ端の清に断ることなどできるはずもなく、微かに首を縦に振った。

「なら、相手をしてくれ」

言うが早いか腕を摑まれ、男に引っ張られるようにして歩き出す。どこに行くのかわからずついていくが、男が階段を上り始めたのを見てぎょっとした。

（相手をしろって、まさか……ぼ、僕を遊女と間違えて……!?）

髪を長く伸ばしているせいで性別を間違えられたのか。だとしても、こんな鼠色（ねずみいろ）の着物を着た自分を遊女と見違えるとは。「あの」と呼びかけるも動転して声が掠れ、相手の耳には届かなかったようだ。

階段を上っても男は清を振り返らず、大股で廊下を歩いていく。弱りきってその後をついていくと、廊下の向こうから慌てた様子の喜助が駆けてきた。

「ああ、よかった、戻ってきてくださった……！　お待たせして申し訳ありません、もうすぐうちの売れっ妓が参りますので、あと少しだけご辛抱を……」

喜助に頭を下げられても男は歩みを止めず、低い声で言い放った。

「いらん。酒ならこいつに注いでもらう。俺の部屋にはもう誰も連れてくるな」

喜助は目を見開いて清を見る。なぜお前が、と言いたげに喜助の眉が波打ったが、清にだってわからない。わかるのは、遊女が来るのを待ちきれなくなったこの男が、手近にいた清を下級遊女と間違えて部屋に連れ込もうとしていることくらいだ。

廊下の奥までやってくると男は足を止め、部屋の襖をすらりと開けた。男に続き、清も座敷に引っ張り込まれる。

「旦那、ですがそいつは、花魁どころか――……」

「構わん。俺は酒を飲みにきたんだ、これ以上邪魔をするな」

大きな声ではなかったが、押しつぶされそうな重々しい響きに怯んだのか、喜助もそれ以上は何も言い返さず黙って静かに襖を閉めた。

後に残されたのは、軍服姿の男と清の二人だけだ。

座敷は入り口正面に窓があり、そちらに背を向ける格好で膳が一つ置かれていた。右手には部屋を区切る屏風が置かれ、その向こうにはすでに布団も敷かれている。

生まれたときから遊郭で暮らしてきた清だ。あの布団で何が行われるかなど嫌というほど知っている。不寝番など任されれば、客と遊女が行為に及んでいる真っ最中に行灯に油を差して回らなければいけない。

遊女の嬌声にも眉一つ動かさず仕事をしてきた清だが、さすがに今回は眉が八の字になった。自分にできるのは雑用だけで、遊女の真似事などできるはずがない。

立ち尽くす清を尻目に、男が腰に下げていた軍刀を抜いた。ぎくりとしたが、腰を下ろすため鞘ごと腰帯から外しただけのようだ。

怯えた顔をする清に気づいたのか、男は膳の前に腰を下ろすと、軍刀を清の視線から隠すように自身の背後に置いた。最後に軍帽を脱いで傍らに置く。

行灯の光に照らされて、男の顔があらわになる。

大きな体と威圧感のある低い声から年上の男性を想像していたが、前髪を軽く後ろに撫でつけたその顔は思ったよりもずっと若い。二十代の前半といったところか。

形のいい額に、凛々しい眉。鋭い目元と引き結ばれた口元は近寄りがたい雰囲気だ。

でも、美しい顔だと思った。

遊女たちの蝶や花を思わせる、なよやかな美しさとは違う。もっと野性的で力強い、不要な部分をすっきりと削ぎ落としたような端整さだ。

魅入られたように男の顔を見下ろしていると、切れ長の目がこちらを向いた。

「酌をしてくれ」

耳の底を震わせる低い声に一つ瞬きをしてから、我に返って男の傍らに膝をつく。だが、下働きしかしたことのない清に酌の勝手などわからない。恐る恐る膳の上の徳利を取ると、男が無言で猪口を掲げてきた。

ごくりと唾を飲んで猪口に酒を注ぐ。手が震えて猪口と徳利がぶつかりカチカチと音を立てた。その音に気を取られ、うっかり猪口から酒を溢れさせてしまう。

慌てて手を引く前に、男がぐっと猪口を押し上げ徳利の口を上向かせた。そのまま一息で酒を飲み干し、無言で膳に猪口を置く。

「も、申し訳ありません……！」

男の指先を酒で濡らしてしまい、清は真っ青になって徳利を置いた。

両手をついて頭を下げようとした清を、男が片手を立てて止める。

「いい、気にするな。遊女でもないだろうに、無理やり座敷に上げて悪かった」

粗相をしたのはこちらなのに謝られてしまった。しかも相手は、清を本気で遊女と勘違いしていたわけでもないらしい。一体どういうつもりだろう。

困惑して返す言葉もない清を見て、相手が軽く眉を上げた。

「……お前、男か？」

清は小石でもぶつけられたようにビクッと肩を震わせ、あたふたと頭を下げた。

「ま、紛らわしい見た目で申し訳ありません……！　れっきとした男です！」

「いや、勝手に下女と勘違いしたこちらが悪い。すまなかった」

清はぽかんとした顔で男を見返す。まただ。怒られるどころか謝られてしまった。

相変わらず男の顔に表情はない。不機嫌なわけではなく、これが相手の地顔なのだろうか。声は一貫して低いが、口調が荒々しくなることはない。

清は震える指を握りしめ、おっかなびっくり口を開いた。

「お酌だけお望みでしたら、新造(しんぞう)を連れて参りましょうか……？」

新造は禿(かむろ)を卒業したばかりの少女たちで、酌はするが客と床には入らない。それでも見た目は十分美しい遊女だ。自分のような野暮ったい男に酌をされるよりよほどよかろうと思ったが、男は「結構だ」とにべもない。

「上官に無理やり連れられてきただけだからな。酒を飲むだけと言われていたのに、こうして部屋をあてがわれてしまって難儀していたところだ」

遊郭に足を踏み入れる男たちは多少なりとも浮つくものだが、目の前の男は軍服の上着を脱ぐどころか、襟元をくつろげることとすらせず淡々と言う。

「店の者には一人で飲むと言ったが、手酌で飲ませるわけにはいかないと聞き入れられなかった。酌をしてもらうだけなら下働きの人間でも構うまいとお前を連れ込んだが……悪かったな。男だったか」

再三の謝罪に、清は大きく首を横に振る。客からまともに詫(わ)びられた経験などないだけに、どんな反応をすればいいのかわからない。

「急に連れ込んでしまったが、他の仕事は大丈夫なのか？」

「へ、平気です！　僕は基本的に雑用係なので……！」

　店の中を歩いていれば方々から仕事が飛んできて休む暇もないが、逆に決まった時間にしなければいけない仕事があるわけでもない。へどもどしながらそう説明すると、男は一つ瞬きをした後、ゆっくりと膳から猪口を取り上げた。

「だったら、酌をしてもらっても構わないか？」

　窓を背に座る男の背筋はすっきりと伸びて、姿勢に乱れたところが一切ない。

　こんな綺麗な所作で酒を飲む人もいるのかと新鮮に思いながら、たどたどしい手つきで徳利を持ち、こぼさないよう慎重に酒を注いだ。

「名前を訊いてもいいか？」

　息すら詰めて徳利を傾ける清に、男が平淡な声で問う。

「……ぼ、僕ですか？　清と申します」

「キヨ？　キヨシではなく？」

　男なら『キヨシ』の読みを選ぶのが妥当なのだろうが、物心ついた頃からずっとそう呼ばれていたので清自身は違和感を覚えたこともなかった。男は口の中で「清」と呟き、微かに頷く。

「上官からどんな遊女を呼んだか訊かれたら、清という者を呼んだと答えておこう。この名なら勝手に女性を想像するだろうし、遊女を呼ばなかった事実が露見せずに済む」

至極真面目(まじめ)な顔でそんなことを言われ、清は口元を緩ませた。冗談を言っているのなら存外茶目っけがあるし、本気で言っているのだとしても面白い人には違いない。

最初は怖いばかりだった男に対して興味が湧いてきて、清は身を乗り出して尋ねた。

「僕も、お名前をお訊きしていいですか？」

口元に猪口を運んでいた男が手を止める。無言のまま、真顔でこちらを見返す男の感情は読めない。もしや機嫌を損ねたかと、清はすぐさま身を引いた。

「あ、あの、失礼な質問でしたら、聞き流してください。申し訳ありません、お座敷に上がるのは初めてで……」

こんなの言い訳にもならないと冷や汗をかいたが、男は直前までと声の調子を変えることなく言った。

「羽田正嗣(はたまさつぐ)だ」

拍子抜けするほどあっさり名乗られて驚いた。顔を上げ、「羽田様」と確かめるようにその名を呟くと、小さく頷き返される。

「あ……、ありがとうございます。不躾(ぶしつけ)にお尋ねしてしまって、失礼しました」

「名を訊かれるのは失礼なことなのか」

「いえ、すぐにお返事がなかったので、ご不快だったのかと……」

正嗣は清の言葉を吟味するように黙り込み、ややあってから口を開いた。

「俺は子供と動物に懐かれたことがない」

脈絡のない言葉に目を白黒させつつ、はい、と清も背筋を伸ばした。

「俺が近づくと子供は泣くし、犬は尻尾(しっぽ)を股に挟む。猫は俺のことなど見なかったふりで、不自然に目を逸(そ)らしながらどこかに消える」

さもありなん、と清は胸中で呟く。睨むように正面を見て喋(しゃべ)る正嗣の横顔は固く引き締まり、迂闊(うかつ)に声などかけようものなら蹴り飛ばされそうな凄みがある。

正嗣は猪口に残っていた酒を飲み干すと、空になったそれを清の前に差し出した。

「目新しい駄菓子に駆け寄る子供のような顔で名前を訊かれたのは初めてで、驚いただけだ」

清は差し出された猪口にきょとんとした顔で視線を落とし、酌を促されているのだと気づいて慌てて徳利を持ち上げた。酒を注ぎながら正嗣の言葉を反芻(はんすう)して、少しだけ気恥ずかしい気分になる。

(そんな子供みたいな顔をしてたかな……。でも、怒ったわけじゃなくてよかった)

安堵(あんど)する反面、酌をしながらどんな会話をするのが正解かますますわからなくなった。

見目麗しい遊女なら黙っているだけで花を愛(め)でるような気分にさせることもできるだろうが、継ぎだらけの着物を着た自分にそんな芸当は不可能だ。

(でも、黙っているだけなのも申し訳ないような……?)

焦って視線を泳がせていたら、「年は?」と正嗣に問われた。

声をかけられ我に返る。「じ、十七です」と答えると、正嗣が頷くようにゆっくりと瞬きをした。

問答が終わっても視線はこちらに向けられたままだ。だからといって正嗣から何かを言いだす素振りもない。ただ、何かを待たれているような気がして首を傾げると、正嗣もその動きを真似るように小さく首を傾けた。間が持たず、清は恐る恐る口を開く。

「あ、の……羽田様のお年は……?」

「二十四だ」

待ち構えていたような素早さで返事があった。続けて正嗣は「ここでの仕事は長いのか?」と尋ねてくる。

「長い、と言いますか、僕はこの店で生まれたので、物心ついた頃からずっと……」

正嗣は頷いて、またじっと清を見る。どうやら清からの質問を待っているらしい。

(こちらも同じ質問をしていい……ということなのかな?)

会話の糸口が見つからず途方に暮れている清に、助け舟を出してくれたのかもしれない。

どぎまぎしながら、清も質問を返してみる。

「羽田様は、いつから軍人さんなんですか?」

「いつから軍人さん、か」

清の物言いがおかしかったのか、正嗣がわずかに目元を緩めた。

ほんの少し視線がずれていたら見逃していたかもしれない小さな表情の変化だったが、確かに笑った。そのことに、自分でも驚くくらい心臓が跳ねる。

座敷の片隅で綺麗な金平糖を発見したときのような、あるいは家々の屋根の向こうに沈んでいく夕日の最後の光を見たときのような、何かとても貴重で美しいものを、自分だけが見つけたときの高揚に似ている。

呆けたように自分を見ている清には気づかず、正嗣は考えるように目を伏せた。

「中学を出て、隊つき勤務を始めたのが十八だ。当時はまだ軍人というより見習いのようなものだったが、一応はその頃からか」

正嗣はすっかり無表情に戻っていたが、見詰められても初対面のときのように萎縮はしなかった。それどころか正嗣がまた別の質問をしてくれるかもしれないと期待して、その顔を自ら見詰め返してしまう。

清の想いを汲み取ったのか、正嗣は酒を飲む合間にぽつぽつと質問を重ねてくれた。清が同じ質問を返せば、必ずよどみなく答えてくれる。

「食べ物は何が好きだ？」

「僕はカボチャの煮物が好きです。今の時期は甘くて特に。羽田様は？」

「芋だ。煮ても焼いても美味い。普段はどんな仕事をしている？」

「雑用がほとんどです。洗濯と掃除、あとはまかないを作ったり……。羽田様は？」

「今は平時だし、訓練がほとんどだな。演習と、武器の手入れ」

尋ねられて答え、尋ね返して答えをもらう。

人に聞く『やまびこ』というのはこういうものなのだろうか。正嗣から返事が返ってくるたび嬉しくなった。遊郭の外の話を聞けるのも興味深く、気がつけば最初の不安も忘れて満面の笑みで正嗣の話に耳を傾けていた。

しばらく問答を繰り返していたが、そのうち正嗣も質問の種が尽きたらしい。犬と猫ならどちらが好きか、なんて益体もない質問を最後にぴたりと口を閉ざしてしまう。

（あ、さすがにうるさかったかな……？）

今更のように気がついて口をつぐむと、正嗣にしげしげと顔を覗き込まれた。

「酔っているのか？」

どうも正嗣は、前置きというものを削ぎ落とした会話をする質らしい。いったん頭の中で正嗣の言葉を吟味して、清は自身を指さした。

「僕が、ですか？　お酒は一滴も飲んでいませんが……？」

「そうか。随分と陽気だから、てっきり酔っているのかと」

自分ではさほど陽気に振る舞ったつもりもなかった清は困惑して、恐る恐る正嗣に尋ねた。

「うるさかったでしょうか……？」

「違う」

打てば響くような即答だった。言葉尻を奪うほどの素早さに目を丸くすると、今度はもう少しゆっくりした口調で「そういうわけではない」と言い直される。

「さっきも言ったが、俺は子供と動物に懐かれたことがない。でもお前は随分と楽しそうだから、酒でも入っているのかと思っただけだ」

子供子供と繰り返され、少し複雑な心境になった。小柄なせいで実年齢より下に見られがちだが、清だってれっきとした十七歳だ。正嗣と十も年が変わらない。「酔ってません」と答える声に少し拗ねたような響きが加わってしまい、客相手に砕けすぎたかと慌てて口調を改めた。

「そもそも、お酒なんて飲んだこともありません」

「ないのか。俺がお前の年の頃は、仲間内でよく飲んでいたが」

「僕にはそんな友達もいませんから……」

妓楼で働く下働きには男性も多いが、奉公人は奉公人同士固まっていることが多く、長年ここで暮らしている清はどこか浮いた存在だ。そうでなくとも男のくせに女のように髪を伸ばした清は、異質なもののように扱われることも多かった。清の境遇を知って同情してくれる者もいないではないが、せいぜいたまに声をかけてくれるくらいでよそよそしい。

喜助たち男衆がいかにも親しげに小突き合う姿を眺め、羨ましく思うこともあった。

視線が下がってしまいそうになり、いけない、と意識的に背筋を伸ばす。いつものように口角を引き上げてにっこり笑うと、目の前にずいっと猪口を突きつけられた。慌てて徳利に手を伸ばそうとしたら、片手を立てて制される。

「飲んでみるか？」

指先に猪口が触れ、反射的に受け取ってしまった。

清に猪口を手渡すと、正嗣は自ら徳利を持って酌をしようとする。下働きの自分が客から酌をされるなど本来あり得ないことで、動揺して清は体をのけ反らせた。

「あ、あの、でも、せっかくのお酒を、僕なんかにはもったいないので……！」

「一人で飲むのも味気ない。一杯くらいつき合ってくれ」

正嗣は清の持つ猪口に酒を注ぐと、静かな声で言った。

「俺の使った杯（さかずき）で悪いが、嫌でなければ」

その言葉に、自然と視線が正嗣の唇に吸い寄せられた。引き結ばれた形のいい唇からゆっくりと目を上げれば、正嗣がまっすぐにこちらを見ていてどきりとする。

「嫌なことは、何も……でも、本当に僕が口をつけても……？」

「構わん」

きっぱりと短い言葉には裏もなさそうで、戸惑いながらも猪口に口をつけた。

酒の匂いなら毎日嗅いでいるし、器に残った酒をこっそり舐めてみたこともあるが、なみなみと猪口に注がれた酒を飲むのは初めてだ。勝手もわからず一息で飲み干した。

正面に顔を戻すと、正嗣が軽く目を見開いてこちらを見ていた。「驚いた」と、さほど驚いてもいないような淡々とした声で言う。

「一息で飲んだのか。大丈夫か？」

「は、はい……？　大丈夫です」

特に気分は悪くない。ただ、みぞおちの辺りがじんわりと温かくなった気がするだけだ。

「味はどうだ？　嫌いではないか？」

「味は……とても、濃いような気がしました」

口に含むのもそこそこに飲み下してしまったと打ち明けると、正嗣がわずかに目を眇めた。笑ったようだ。

「もう少し味わって飲んでみろ」

清の持つ猪口に正嗣が再び酒を注いでくる。恐縮しきって酌を受けた清は、言われた通り今度はほんの少し酒を口に含んでみた。

「……舌がピリピリします」

「でも、甘いだろう？」

また少し酒を口に含んで、こくりと頷く。飲み下しても、今度は酒の香りがしっかりと口の中に残った。息を吐いたら自分の呼気まで甘く香る。

　みぞおちに感じた熱が胸の辺りまで広がってきたと思ったら、ぐぅ、と腹が鳴った。急に腹の中がぐるぐると活発に動き始めたようだ。

「腹が減ってるのか。何か食べるか？」

　とんでもないとばかり激しく首を横に振ったが、正嗣は清の反応など目にも入っていない様子で、焼き魚の身を半分に割って差し出してきた。

「食いさしで悪いな。こちら側ならまだ箸をつけてないぞ」

　いただけませんと言おうとしたのに、清の声を遮って腹が鳴った。朝晩の寺の鐘のごとく長々と響いたその音に、かぁっと顔が赤くなる。恥ずかしくて俯(うつむ)いたら、ふっと空気の掠れる音がした。

　そろりと顔を上げた清は目を瞠(みは)る。清から少し顔を背けた正嗣が、唇にくっきりとした笑みを浮かべて笑っていた。笑うと威圧感が薄れ、目元に寄った笑い皺(じわ)からは優しげな印象すら受ける。初対面のときとはまるで違う砕けた表情に胸を摑まれ、視線を逸らすことも忘れた。

　正嗣は唇に笑みの名残(なごり)を浮かべたまま、膳ごと清の前に押し出してくる。

「食ってくれ。俺は腹がいっぱいだ」

　本当だろうか。こんなに体の大きな人なら、食事だって清よりずっとたくさん取らなければ満腹になどならないだろうに。膳の料理はほとんど減っていない。

しかしどんな類(たぐい)のものであれ、客の申し出を退けることなど下働きの清にはできない。

おっかなびっくり箸を手に取れば、こちらを見ていた正嗣が機嫌よさげに目を細めた。

ちらりと頭を過(よぎ)ったのは楼主や喜助たちの顔だ。客の座敷に上がり込んで料理を食べたことがばれたら何を言われるかわからない。間が悪ければ、下働きのくせに身の程もわきまえず、と棒で打ち据えられるかもしれない。

それでも清は覚悟を決め、膳の料理に箸を伸ばした。空腹もさることながら、せっかくの好意を退けて正嗣をがっかりさせたくなかったからだ。

一度口をつけてしまえばもう開き直り、魚に酢の物、根菜の煮物など、普段は滅多に食べられないごちそうをせっせと口に運ぶ。途中、正嗣が手酌で酒を飲み始めたので慌てて酌をしようとしたが断られた。

「気にせず食え。お前の食いっぷりを眺めているだけで、いい肴(さかな)になる」

こんなものが酒の肴になるものだろうかと不思議ではあったが、正嗣の言葉を疑うのも失礼な気がして、真剣な顔で食事を続けた。料理は欠片(かけら)も残さず、魚の骨まで強靭(きょうじん)な歯でバリバリと噛み砕いて食べ尽くす。食事を楽しむ余裕もなく、生真面目にテキパキと手と口を動かす清を正嗣が面白そうに眺めているのも気づかずに。

空になった膳の前で「ごちそうさまでした」と両手を合わせると、正嗣から再び猪口をける。

手渡された。固辞しようとしたが徳利を向けられると断れず、両手で猪口を持って酌を受
「これで最後だな」

徳利から酒の雫を落としながら正嗣が呟く。

「でしたら、お代わりを……」

「いや、お前がそれを飲んだら帰る」

耳を疑ったが、正嗣は傍らの軍帽に手を伸ばし、いつでもそれをかぶれるよう膝に乗せてしまった。本気で遊女の顔も見ずに帰るつもりらしい。

(もう、帰られてしまうのか……)

清は猪口の中でゆらゆらと揺れる酒に視線を落とす。

正嗣はもういつでも立ち上がれるよう構えているし、ぐずぐずせずに一息で飲み干して見送るべきなのだろう。だが、この時間が終わってしまうのがなんだか惜しい。

猪口に口をつけることもなくじっとしていると、どうした、と声をかけられた。

「酔ったか?」

尋ねる声に急かすような響きはない。少しもたもたしただけで怒号が飛んでくる日常から、この座敷は切り離されている。

どこかの座敷から、三味線を爪弾く音が聞こえてきた。少し前まで酔っ払いたちが飲め

や歌えの大騒ぎをしていたのに。そろそろ客が遊女を床に引っ張り込んで、賑やかなお喋りの代わりに押し殺した息遣いと喘ぎが響き始める頃だ。

「顔が赤いぞ。無理はするな」

正嗣の手が伸びてきて、清の頬にかかる髪をそっと耳にかけた。骨ばった大きな手は無骨そのものなのに、触れる手つきは繊細だ。離れていく指先を視線で追いかけ、その先にある正嗣の顔で目を留める。途端に心臓が大きく膨らんで、弾けるように激しく胸を打った。

正嗣の指先が掠めた頬にかぁっと熱が集まる。障子紙に火が燃え移るように、熱は頬から額、首筋から胸へと見る間に広がって、体を支える骨まで燃やし尽くしたかのようにぐらりと上体が傾いた。

正嗣が腰を浮かせて清の体を引き寄せてくれなければ、そのまま床に倒れ込んでいたかもしれない。

「なんだ、そんなに酔っていたのか。きびきび飯を食っていたから気づかなかった」

くぐもった正嗣の声を聞き、自分が正嗣の胸に耳をつけるようにして座っていることに気がついた。正嗣は清の肩を抱き、傾いた体を支えるべくその隣に腰を下ろしている。

慌てふためき姿勢を正したものの、正嗣の顔を至近距離から見たらますます頬が熱くなった。心臓はひっきりなしに胸を叩いて、あわや襟の間から転がり出てきそうな勢いだ。

「す、すみません、少し酔ってしまったようで……」

まともに酒を飲むのは初めてなのでよくわからないが、この反応はきっとそういうことなのだろう。正嗣の顔を直視することもできず俯くと、猪口を持っていた手にそっと正嗣の手が添えられた。

「そのようだな。それは俺が飲もう」

正嗣に猪口を取り上げられそうになって、抗うようにぎゅっと指先に力をこめた。

「……まだ飲むつもりか？」

答えられず、清は猪口を握りしめた。

酒に未練があるわけではない。ただ、猪口を渡したら正嗣はなんの躊躇もなく酒を飲み干して席を立ってしまうだろう。そう思ったら、考えるより先に体が動いていた。

「す、すぐ……飲みますから……」

猪口を握りしめて小さな声で呟くと、短い沈黙の後、軽く肩を叩かれた。

「ゆっくりでいい」

胸に清を凭せかけたまま、正嗣は言葉の通りゆったりとした口調で言う。

肩に乗せられた手は重くて、温かい。心臓は相変わらず激しく脈を打ち、拍動に合わせてゆらゆらと体まで揺れている気がする。不自然に揺れる体を止めようと、清がぎゅっと全身に力を入れた、そのときだった。

「――失礼いたします」

　控えめな声とともにするりと襖が開いて、行灯の火が微かに揺れる。襖の向こうには、廊下に膝をついて深く頭を下げる喜助がいた。

「大変お待たせして申し訳ありません。花魁をお連れしました」

　喜助の後ろには、たっぷりとした黒髪に豪奢（ごうしゃ）なかんざしをつけ、艶（あで）やかな着物を身につけた花魁の姿があった。この妓楼で一、二を争う売れっ妓の春駒（はるこま）だ。客を待たせても悪びれることなく、嫣然（えんぜん）と微笑（ほほえ）んでこちらを見ている。

　笑みを含んだ目で正嗣を見ていた春駒が、横目で鋭く清を一瞥（いちべつ）する。早く出ていけ、と視線で促され、嫌がるように全身が強張った。だが抵抗の意志は長く続かず、清は諦めて体を弛緩（しかん）させる。下働きの自分に決定権などない。

　大人しく猪口を返そうとしたら、その手を正嗣に摑まれ、強く肩を抱き寄せられた。

「結構だ。酌なら足りている」

　元から低かった正嗣の声がさらに低くなった。清だけでなく、喜助も肩をびくつかせたのが目の端に映る。

　動じなかったのは客あしらいに慣れている春駒だけだ。春駒は喜助をその場から下がらせると、座敷に上がって正嗣に深々と頭を下げた。

「旦那さんがお怒りになるのもごもっともでありんす。平にご容赦願いたく……」

「謝罪もいらん。十分楽しく飲ませてもらっている」

春駒はゆっくりと顔を上げると、まあ、と目を細めた。

「そんな下働きにお酌が務まりんすか？　お酌そっちのけで、料理に夢中になっていたのではありりんせんかえ？」

魚の骨すら残っていない膳を見て、春駒は正しく状況を見抜いたようだ。居た堪れなくなって俯いたところで、猪口を持った手を正嗣に持ち上げられた。

正嗣は猪口を持つ清の手ごと自身の口元に運び、春駒を見据えたまま一口酒を飲んだ。

「この通り、十分よくしてもらっている」

指先に正嗣の吐息がかかって息を呑んだ。

顔を赤くする清に冷たい視線を向け、春駒は再び正嗣に目を戻して微笑んだ。

「お酌が務まっても、その後のことはそれにはできんせんのでは？」

清を「それ」と言い捨てて、春駒は隣の屏風に視線を滑らせる。その向こうにはすでに布団が敷かれていて、清はますます顔を赤らめた。

正嗣が押し殺した溜息をつく。今にも「もう帰る」と言い出しかねない様子だったが、春駒は笑顔でその言葉を押し止めた。

「このまま旦那さんに帰られてしまいんしたら、旦那さんの機嫌を損ねたそれが叱られんす。そんなかわいそうなこと、どうかしないでくんなまし」

「機嫌を損ねた覚えはないが」

「周りはそうは思いんせん」

このまま帰れば後から清が店の者に折檻されるとほのめかし、春駒は優雅に微笑む。

客との駆け引きに慣れた春駒は、一目で正嗣の性格を見抜いたようだ。こう言えばきっと正嗣は清を捨て置けないと確信している。弱みを突くような発言は相手の神経を逆撫でする危険も孕んでいるが、己の美貌と床技があればいくらでも相手の矛を収められると熟知しているのだろう。堂々としたものだ。

正嗣は難しい顔で何も言わない。

どうしたらいいかわからずおろおろしていると正嗣と目が合って、心配するなというように無言で頷かれた。

自分のことなんて捨て置けばいいのに。真剣な顔で考え込む正嗣の横顔を見ていたら胸がいっぱいになって、清は軍服を着た正嗣の胸に顔を押しつけた。春駒の耳に届かぬよう、限界まで潜めた声で囁く。

「……羽田様、僕は大丈夫ですから、このままお帰りください」

下働きの自分のことまで気にかけてくれた優しい相手に、せめて罪悪感を抱かせぬよう、清は顔を上げると精いっぱい笑ってみせた。

大丈夫、今日はいい日だ。座敷の隅で金平糖だって見つけたし、正嗣のような優しい人と束の間過ごすこともできた。少しくらい痛い目に遭うのも耐えられる。そう自分に言い聞かせて正嗣から身を離そうとしたら、それを阻むように強く肩を抱き寄せられた。

あっと思う間もなく正嗣の顔が近づいて、目の前が暗くなる。鼻先を甘い酒の匂いが掠め、唇に柔らかなものが押しつけられた。

唇を奪われたのだと気づくまでに少し時間がかかった。わかってもすぐには動けない。ゆっくりと離れていく正嗣の顔を凝視していると、唇の動きだけで「すまん」と囁かれた。

正嗣は硬直する清の肩に腕を回し、春駒へと視線を移す。

春駒も目の前で起きたことがよく理解できていないらしい。ぽかんとした表情の春駒に、正嗣はきっぱりと言い放った。

「この後のこともこいつに任せる。お前は下がっていい」

「そ、そんな……それは、下働きの……」

「構わん。俺はこいつがいい」

花魁の矜持があるのか春駒は、でも、と食い下がろうとする。

正嗣は清を胸に抱き寄せると、一等低い声で言った。

「下がれ」

言葉は短く、声は取りつく島もないほど冷え冷えとしていた。

春駒の頬が屈辱で赤く染まる。同じ遊女ならまだしも、正嗣が下働きの清を選んだのが許せないのだろう。食い殺さんばかりの目で清を睨むと立ち上がり、花魁とも思えない乱暴さで襖を閉めて去っていった。

春駒の足音が遠ざかるのを確認して、正嗣は緩く息を吐く。表情こそ変わらなかったが、頬の表面で張り詰めていたものが緩むのを間近で見て、清は目を瞬(しばたた)かせた。

正嗣は清に視線を戻すと、そっと清の唇に親指を添えた。

「悪かった。こうしておけば、お前も仕置きを受けずに済むだろうと思ったんだが」

親指の腹で唇を拭われ、あっと今更のように声を上げる。

指先から力が抜け、手にしていた猪口が畳に落ちた。器の底にほんの少し残っていた中身が床にこぼれたが、そちらに目を向ける余裕もない。

目の前には正嗣の顔があって、あの形のいい唇が自分に触れたのだと思ったら全身の血がぐらぐらと煮立つような錯覚に陥った。

体が熱い。目が回りそうだ。浅い呼吸を繰り返していると、肩を抱く正嗣の腕が緩んだ。

「すまなかった。気味の悪い思いをさせたな。とっさには他の手立てが……」

「き、気味が悪いなんて！　そんな、そんなことは……！」

身を離そうとする正嗣に縋(すが)りつき、清は懸命に否定する。驚きこそすれ、嫌悪感はなかった。むしろ自分には分不相応な美しいものにうっかり触れてしまったような、後ろめたい気持ちすらある。相手は立派な軍人なのに、自分を庇(かば)うためにあんなことをさせてしまったなんて。

「僕こそ、あの、なんと、なんとお礼を言っていいか……」

正嗣の上着を握りしめ、散らばる思考をかき集めて言葉を探していたら、どんどん息が乱れてきた。心臓は怖いくらいに脈を打ち、一向に鎮まる気配がない。

異変に気づいたのか、正嗣が再び清を抱き寄せてくる。

「酔いが回ったか？　気分が悪いようなら水でも飲め」

顔を覗き込まれ、間近に端整な顔を見たら心臓がいっそう激しく胸を叩いた。

これが酒に酔うということなのだろうか。視線が目の前の相手に縫い留められる。背中に回った腕の力強さや凭れた胸の広さを感じていると、腹の奥に埋火(うずみび)でも押し込まれたかのように身の内にじりじりと熱が溜まっていく。

「水を持ってくるか？　顔色は悪くないようだが……」

正嗣の手が頬に触れ、指先で顎の下を辿(たど)られて猫のように背筋が反った。少しかさついた正嗣の唇の感触を思い出したら下腹部が熱くなってきて、清は内腿(うちもも)をすり寄せる。

案じ顔でこちらを見ていた正嗣の目が清の下腹部に落ちた。清が何を隠そうとしているのか気づいたのだろう。小さく目を瞬かせたその顔を見た途端、羞恥の炎に呑み込まれる。

「も、申し訳ありません、こんな……。羽田様は、も、もう、お帰りください……」

自分の体の反応に戸惑い、詫びる声に涙が滲んだ。どうしてこんなふうになってしまったのかわからない。混乱しながらも正嗣から身を離そうとしたら、引き留めるように肩を抱き寄せられた。

「このまま俺が帰っては、お前が咎を受けるのでは？」

もう一方の手が清の腰に回される。力強く引き寄せられれば抵抗もできず、あっという間に正嗣の膝に引き上げられていた。

横向きに膝に抱き上げられて硬直する清に、正嗣は低く囁いた。

「この先のこともお前に頼むと、あの花魁の前で言ってしまった」

違えるわけにはいかないだろう、と唇の先で続けられて目を丸くした。

客と遊女が座敷の奥で何をしているかくらい清だって知っている。あれと同じことを、自分も求められているのだろうか。

怖いより、上手くできるかどうか不安になった。自分は床の作法など何も知らないし、花魁のように美しく着飾っているわけでもない。体だって痩せて骨ばって、抱き心地一つとっても正嗣に満足してもらえるとは思えない。

動転して視線を揺らしていると、目の下を親指の腹でそっと撫でられた。

「怯えなくても、本物の遊女のように扱うつもりはない。朝までここで休んでいけ」

清は緩慢に瞬きをして、ようやく正嗣の言わんとしていることを理解した。

どうやら正嗣には、本気で清を抱く気などないらしい。清と自分がこの座敷で朝を迎えたという事実だけあれば、清が店の者に責められることもないと考えてくれたのだろう。

当たり前だ。花魁どころか女性ですらない、痩せてちっぽけな自分など正嗣に求められるわけもない。

当たり前なのに目の奥から熱いものがこみ上げてきて、慌てて大きく目を見開いた。こんなことで泣くなんてどうかしている。普段ならもっと辛いことがあっても無理やり笑みを作ってやり過ごせるのに。

泣いていることも、未だに下腹部に熱が溜まったままなのも見られたくない。前屈みになって正嗣の膝から下りようとしたが、腰にはまだ正嗣の腕が回ったままだ。

「あの、す、すみません、僕……体が、変で……」

どうにか正嗣の腕から逃れようと身をよじっていると、腿の上に正嗣の手が置かれた。薄っぺらな着物越しに掌の体温が伝わってきて、心臓が跳ねた。正嗣は清の腿に手を置いたまま、低い声で囁く。

「泣くな、全部酒のせいだ。泣きやすくなったり笑いが止まらなくなったり足腰が立たなくなったり、体が誤作動を起こしやすくなる飲み物だからな」

子供に言い聞かせるようなゆっくりとした口調だった。清の体が熱を持って疼くのも仕方がないと言い含めるような、慰めすら感じられる。

「俺が妙なことをしたのも悪い。体が動かないなら、手伝うか？」

着物の上からゆっくりと腿を撫でられ、息を吞んだ。

手伝うとは、何をするつもりだろう。見上げた正嗣の顔はただ真剣で、清をからかっているふうでもない。不埒なことを考えてしまったのは自分だけで、介抱のようなことをしてくれるつもりだろうか。だとしたら思い違いなどした自分が恥ずかしい。清は消え入るような声で「お願いします……」と答えた。

水の一つも飲ませてもらったら、今度こそ何を言われても座敷を出よう。そう考えていた清だったが、正嗣は清を膝から下ろすことなく、清の着物の裾を指先でかきわけてその下に手を滑り込ませてきた。

「……えっ、あの……っ！」

まさか本当に自分が最初に考えていたようなことをしてくれるつもりか。信じられず正嗣を見上げると、相変わらず真剣な顔がこちらを見ていた。妓楼の客のように脂下がることもない。正嗣としてはこんな行為すらただの介抱に過ぎないのかもしれず、恥ずかしがっている自分の方がおかしいような気もしてきて混乱した。

下帯の上から性器に触れられ、びくりと腰が跳ねた。清も自慰くらいはしたことがあるが、他人に触れられるのは初めてだ。

「あ、ぁ……っ」

上ずった声が出てしまい、慌てて両手で口元を覆った。掌の下から苦しい息を吐いていると正嗣が顔を近づけてきて、指先にふっと吐息がかかる。

「無理に声を殺さなくていい」

帯もとかれぬまま、着物の下で正嗣の手が怪しく動く。手探りで下帯をほどかれ、直に触れられてびくりと体が跳ねた。

「ん、ん……っ、ん」

大きな手でゆるゆると上下に扱かれて背筋が反った。若い体はあっという間に追い上げられて、すぐに先端から先走りがこぼれ始める。なおも必死で声を殺していると、口元を覆う指先に柔らかなものが触れた。正嗣の唇だ。

「声を」

正嗣の言葉は短い。続く言葉は清の中で補完され、指先からゆっくりと力が抜けた。低い声は大きくも荒々しくもないのに、どうしてか抗えない。

口から手を外した清を見て、正嗣がわずかに目元を和らげた。汗の滲む額に唇を落とされ、清は小さな声を漏らす。

「あ、あ……っ、ぁ……っ」

正嗣の手の動きはゆったりとしているが、大きな手で根元から先端まで余すところなく扱かれるとたまらない。あっという間に絶頂が見えてきて、清は涙声を上げた。

「は、羽田様、も、もう……っ」

このままでは正嗣の手を汚してしまう。離してほしいと訴えようとしたら、唇を柔らかなものでふさがれた。見開いた目に映ったのは、大写しになった正嗣の目元だけだ。唇を重ねられたのだとわかったら、爪先から腿、腰へと震えが駆け上がった。

正嗣は互いの唇を触れ合わせたまま、ひそやかな声で囁く。

「正嗣でいい」

名前で呼べと促され、ひくつく喉から無理やり声を押し出した。

「ま……正嗣、様……」

正嗣の目元が緩む。目尻に寄った小さな笑い皺に目を奪われていたら、再び唇をふさがれた。今度は重なるだけでなく、薄く開いた唇に正嗣の舌が割って入ってくる。

「ん……っ、ん、ん……」

熱い舌が口内に押し入ってきて背筋が痺れる。抱き寄せられて体が密着すると胸が苦しい。ゆるゆると清の屹立を扱く手は強くなることも速くなることもないのに、勝手に追い上げられてしまう。

絡まっていた舌がほどけ、唇が離れる。薄く目を開けると正嗣がぎらついた目でこちらを見ていて、今にも食ってかかってきそうなそれを見たら、恐怖とも興奮ともつかない震えが体の中心を貫いた。

「あ、あ……っ、あぁ……っ」

自分を律することもできず、清は身を震わせて正嗣の手の中に精を吐き出す。

一人で性欲を処理するときとはまるで違う、目の前が白むほどの快感だ。他人の手で導かれる絶頂がこんなにも深いものだなんて知らなかった。

全身を弛緩させてぐったりと正嗣の胸に凭れかかった清は、正嗣の手を汚してしまったことに気がついて目を見開いた。慌てて起き上がろうとしたが、それを阻むように正嗣に片腕で抱きしめられて動けなくなる。

「少し眠れ」

耳元で低く囁かれ、清は寝ぐずりする子供のように喉の奥で唸った。

早く正嗣の膝からどいて後始末をしなければと思うのに、正嗣が子供を寝かしつけるようにゆらゆらと体を揺らしてくるのでたまらない。急速に瞼が重くなって、全身を苛んでいた熱がぬるま湯のような心地よさに変わってしまう。

こんな状況で眠るなんてあり得ない。頭ではわかっているのに抗えず、気がつけば清は、正嗣の腕の中で深い寝息を立てていた。


妓楼は昼見世と夜見世の二部制だ。夜見世が始まる前の数時間は、妓楼の中にものんびりとした空気が流れる。この合間に入浴を済ませる遊女も多い。清たち下働きは妓楼内の掃除と夜見世の準備で忙しいが、客のいないこの時間帯はやはり少し気が抜ける。

二階の廊下の雑巾がけを終えた清は、窓辺に立って花街を眺めた。

周囲を高い塀に囲まれた花街は、瓦屋根の妓楼が通りごとに整然と並んでいる。

まだ日も高い今時分は通りを歩く客の姿も少なく、両脇に出店の並ぶ仲の町も閑散とした雰囲気だ。

窓から吹き込む冬の風を頬で受け、清は小さな溜息をついた。

以前なら空に目を凝らし、今日は珍しい鳥が見られたからいい日だ、なんて自分に言い聞かせていたが、今や日常のささやかな幸せを探すことすら忘れがちだ。代わりに頭を占めるのは、数日前に妓楼を訪れた正嗣のことである。

（あれからもう三日かぁ……）

あの日、正嗣の膝の上で逐情した清は、あろうことかそのまま意識を手放し、客用の布団で寝こけてしまった。次に目を覚ましたのは、白々と空が明けてくる頃だ。

目を覚ますや慌てて布団から飛び出したが、座敷に正嗣の姿はすでになかった。後から下足番に尋ねたところ、正嗣は清が起き出してくる少し前に、一人でひっそりと妓楼を出ていったらしい。清が意識を失った後も、長いこと座敷にいてくれたということだ。

清が目覚めるのを待っていたのか、それとも春駒が戻ってきて清に難癖をつけないよう警戒してくれていたか。清の隣で仮眠をとって帰っていった可能性もある。

すべては清の想像だ。でもだからこそ気になった。清が眠ってから、正嗣がどんなふうに座敷で過ごしていたのかを知りたい。

そして、どうして清にあんなことをしたのかも教えてほしかった。

客観的に見れば客に手籠めにされたようなものなのだが、それにしては正嗣の手つきは終始優しくて、思い返したところで怒る気にも恨む気にもなれない。

眼下に広がる花街を眺め、清はもう一度溜息をつく。気を抜くと正嗣のことばかり考えて、仕事が手につかなくなることが最近多い。

（まるでよくない風邪でも引いたみたいだ……）

正嗣の顔を思い出しただけで熱っぽくなってぼんやりする。これは一体なんだろう。

深々と溜息をついたところで、押し殺した泣き声が耳を掠めた。

妓楼の二階には遊女たちが寝起きしている部屋がある。廊下の両脇に並んだ襖の一つが薄く開いていた。中で泣いている遊女を、他の遊女が宥めているようだ。

「……末吉さん、昨日も来てくれなかった」

「今夜は来るかもしれないよ。ほら、泣くのはおやめ。目が腫れちまう」

短い会話のやり取りだけでぴんときた。客を本気にさせるのが仕事の遊女が、逆に客に入れ揚げてしまったらしい。「もう三日も来てくれない」と打ち沈んだ声で呟く遊女に、別の遊女が声をかける。

「泣くには早いよ、たかが三日じゃないか」

「たかがじゃない、もう三日だよ……！」

もう三日。その言葉に胸を摑まれ、部屋の前を通り過ぎようとしていた清の足が止まった。いつもなら惚れた腫れたの話に反応することなどないのに、遊女が一日、二日と指を折って客を待つ気持ちが痛いほどわかってしまって動けない。

たかが三日。でも相手の顔が見えない三日はひどく長い。

遊女たちは自らの意志で廓の外に出ることができない。好いた相手がいつ会いに来てくれるかわからず、廓の外でどう過ごしているかも知る由がない。だから気になる。一日中相手のことを考えてしまう。相手と過ごした時間を思い出しては、次はいつ会えるだろうと切ない溜息をつくのだ。

「馬鹿だねぇ。本気で恋なんてしちゃってさ」

慰めるような遊女の声が耳を打ち、手にした雑巾を取り落としそうになった。

（――恋？）

客を想ってさめざめと泣く遊女は、きっと相手に恋をしている。

ならば、遊女と同じように正嗣のことを思い出し、あれからもう三日、と指折り数えて溜息をついている自分もまた、正嗣に恋をしているのだろうか。

思えば最近、仕事の合間に窓辺に立つことが多くなった。あれは無意識のうちに、廓の中に正嗣がいないか探していたのかもしれない。そんなことを唐突に自覚してしまって、清はおろおろとその場で足踏みをした。

（恋？　僕が、正嗣様に？）

妓楼の下働きでしかない自分が、軍服姿も凛々しい正嗣に恋をするなんて、ひどく大それたことのようにも思う。

同性に恋をした、という事実に対してはさほど衝撃を受けなかった。生まれてこの方遊郭を出たことのない清は、世間の常識や倫理観にめっぽう疎い。同性に惹かれたことより、どう足掻いても報われない恋をしていることを自覚してしまって愕然とした。

清にとって、恋とは病のようなものだ。多くの遊女がこの病に身をやつしてきた。遊郭から足抜けしようなんて、まっとうに考えれば絶対に不可能なことを実行に移そうとするのも大抵は恋をした遊女だ。その行く末を知っているだけに空恐ろしくなる。自分も正嗣に会いたさに、いつかあんな無謀なことをしてしまう日がくるのだろうか。

襖の向こうでは、悲嘆にくれる遊女を別の遊女が励ましている。

「いい加減目を覚ましな。所帯を持とうなんて嘘に決まってるじゃないか。会って間もないのに『身請けしてやる』なんて言う男を信じちゃ駄目だよ。絶対に裏があるんだから」

「でも……」

「薄情な男のことなんて忘れるのが一番だ。さ、夜見世の支度の時間だよ」

何か自分にも有益な助言はないかと耳をそばだてていた清は、遊女たちが立ち上がる気配を察して慌ててその場を立ち去った。

汚れた雑巾を手に一階へ下りると、ちょうど内所から楼主が出てきたところだった。楼主は清に目を留めると、無言で手招きをして再び内所へ入っていく。

内所の掃除でも頼まれるのだろうか。掃除道具を手に中へ入ろうとすると、先に火鉢の前に腰を下ろした楼主に「それは廊下に置いておけ」と言われてしまった。

用件がわからぬまま入室した清は、部屋の入り口でかしこまる。

楼主は胡坐(あぐら)をかいた膝に肘をつき、清の姿を上から下まで眺めて口を開いた。

「お前、座敷で客を取ったらしいな?」

身に覚えのない話に目を丸くしたものの、すぐに正嗣の座敷に呼ばれたことだと気がついた。

「いえ、お客を取ったわけではなく、お酌をさせていただいただけです」

「朝まで座敷の布団で寝ていたそうじゃねぇか」

「それは……お酒をいただいて、眠ってしまったからで……」

鷹(たか)のように鋭い楼主の目を見返せずに俯くと、ハッと楼主に鼻で笑われた。

「客の膝に乗っけられて酒を飲んだのか」

ぎくりと背筋が強張った。なぜそれを、と思ったのは一瞬で、清は羞恥に顔を歪(ゆが)めた。

（廊下から座敷の様子を見られてたんだ……！）

妓楼の二階には小さな座敷がいくつもあって、客と遊女は二人きりで夜を過ごす。とはいえ、廊下に面した座敷は襖一枚で隔てられただけで、その気になればいくらでも廊下から中の様子を覗くことができた。

正嗣に袖にされた春駒が楼主に泣きついたのか、それとも喜助が気を利かせて中の様子を窺（うかが）ったのかは知らないが、あの夜のことはしっかり楼主も把握しているらしい。

俯いて顔を赤らめる清を眺め、楼主は頬を歪めるようにして笑った。

「綺麗な着物なんぞ着せなくとも男を惑わしちまうんだから、さすが朝露の子ってところか。血は争えねぇな」

顔も知らない母親のことを引き合いに出されたところで返事のしようがない。楼主が自分を呼びつけた理由もよくわからなかったが、清はともかく畳に両手をついた。

「勝手なことをして、大変申し訳ありませんでした」

楼主の機嫌を損ねるのだけは避けたくて、畳に額をこすりつけんばかりに頭を下げた。それに対して返ってきたのは「謝る必要はねぇよ」という、思いがけず鷹揚（おうよう）な言葉だ。

「お前も十七だ。そろそろ新しい仕事を頼もうか」

恐る恐る顔を上げると、楼主がじっとこちらを見ていた。珍しく口元に薄く笑みが浮かんでいるが、目が笑っていない。ねばつくような視線にさらされ、恐ろしくなって再び顔を伏せる。

そんな清に、楼主は笑いを含ませた声で囁いた。

「着物を貸してやる。せいぜい着飾って、お前も座敷で客を取れ」

着古して灰色にくすんだ着物の代わりに清が楼主から手渡されたのは、禿を卒業したばかりの新造が着る振袖だった。

新造の中でも、見込みのある者には振袖が、そうでない者には留袖が渡される。さらに、できのいい禿ほど赤みを帯びた着物を手渡されることが多い。

清が渡されたのは美しい花模様の描かれた赤い振袖だ。禿と新造から羨望の眼差し（まなざし）を集めるそれに、よもや自分が袖を通すことになるなどとは夢にも思っていなかった。

妓楼の一階にある控室で、清は黙々と振袖に着替える。いつもは遊女たちが押し合いへし合い身支度を整えるこの部屋も、今はがらんとして清しかいない。夜も更けたこの時間になれば、遊女は二階で客の相手をしているか一階の張見世で客を待っているかのどちらかだ。

普段から遊女たちの着替えを手伝っている清は手早く着替えを終えると、鏡台の前に腰を下ろした。髪までは自分で結えず後ろで一本に縛っているだけだが、それだけではあまりにも花がないので庭に咲いていた赤いサザンカの花を手折って耳の上に挿してある。

（男の僕に、花も何もあったものじゃないけれど……）

溜息をついたところで廊下に面した襖がわずかに開いた。ぎくりとそちらを振り返ると、薄く開いた襖の向こうに楼主が立っていた。

楼主は襖の隙間から盗み見るように清を凝視して、押し殺した息を吐いた。

「……朝露」

楼主の視線が微かに揺れる。自分の顔に母の面影を見ているのか。

絡みつくような視線が怖い。楼主の視線を受け止めきれずに俯いたら、ぶっきらぼうな声が飛んできた。

「紅の一つも差しておけ。仕事が片づいたら迎えにくる」

襖が閉まり、楼主の足音が遠ざかると、清は詰めていた息をゆっくりと吐いた。正面の鏡に目を向ければ、不安と緊張で青ざめる自分と目が合う。

（本当に僕が、遊女の仕事を……？）

こうして遊女の着物を身につけてみてもまだ覚悟が決まらない。

数時間前に楼主から客を取れと言われたときはさすがに驚いた。男の自分に遊女の仕事など務まるわけもないし、そもそも男を買いたがる客が遊郭に来るとも思えない。そう訴えたが、楼主はそんな清の反論を鼻先一つで笑い飛ばした。

「お前が男に生まれてきたときは、そりゃ俺だって落胆したさ。けどな、幸いお前は朝露によく似た姿形に育ってくれた。朝露に生き写しとでも触れ込めば、男のお前でも喜んで座敷に引き入れようとする客はごまんといる」

楼主はおもむろに腕を伸ばすと、清の顎を摑んで上向かせた。

「朝露は恐ろしく美しかったが、その分鼻っ柱が強くてな。この顔に何度煮え湯を飲まされたことか。恨みに思ってる客も多いはずだ。せいぜい憂さ晴らしにつき合ってやれ」

そう言った楼主の目は、煮詰めた泥のように濁っていた。朝露に対して怨恨を抱いているのは客より何より楼主自身なのではないか。そう思わせるような暗い目だ。

「水揚げは今夜俺が務めてやる。ここは陰間茶屋とは違うし、勝手を知らない客に水揚げされるのも酷だろう」

楼主からそう言い渡されたときは目の前が暗くなった。水揚げとはつまり、遊女が初めて客をとることだ。これから清は、楼主と床をともにしなければならない。

無遠慮に素肌に手を這わされる状況を想像したら血の気が引いた。以前、膝の上に楼主の手を置かれただけでも息が詰まりそうになったのに。

怖い。逃げ出したい。

けれど逃げ込む先など清にはない。遊女と同じく、妓楼に勤める清は大門の外に出ることが許されていないからだ。無理やり外に出たところで生きていく術（すべ）もない。店から給金を得ていない清は、ほんの数日をしのぐ現金すら持ち合わせていない。

（大丈夫、大丈夫……きっとそんなに怖いことじゃない。他の姐さんたちだって毎晩やってることなんだし）

無理やり自分に言い聞かせ、唇の端を持ち上げた。

それに完全に初めてというわけでもない。他人と肌を寄せるのはこれで二度目だ。

（正嗣様としたことを思い出せば——……）

一瞬上向いた気持ちは、正嗣の顔を思い出した瞬間、真っ逆さまに下降する。

正嗣とは吐息が混ざり合う距離まで互いの顔を近づけ、相手の瞳を覗き込んで唇を重ねた。素肌に触れた掌は熱く、腰を抱き寄せる腕は力強かった。耳元で囁かれた低い声。凭れかかってもびくともしない広い胸。思い出せばあのときのように体が芯から熱くなる。

でもそれは、相手が正嗣だからだ。

他の誰かに同じことをされるのだと思ったら、襟の奥に雪でも押し込まれたかのように体が冷たくなった。

無理やり引き上げた口角が下がる。笑顔を作ることもできず、清は両手で顔を覆った。

泣いてもわめいても、この後待ち受けることからは逃げられない。わかっていても喉の奥から嗚咽がせり上がってきた。

水揚げが終われば、これからは座敷で客を取らなければいけなくなる。そうやってたくさんの人の手を渡るうちに、正嗣に触れてもらった感触も忘れてしまうのだろう。

（きっともう二度と、あの人と会うこともないのに……）

掌の下で切れ切れの溜息をついたそのとき、廊下の向こうが騒がしくなった。

内所の前で楼主が誰かと喋っているようだ。微かに聞こえる会話の中に自分の名前が交じった気がして、無意識に耳をそばだてる。

「……清はこれから仕事が……そもそも下働きの者で……」

楼主と喋っているのは客だろうか。声が低くて何を言っているのかよく聞きとれない。

そのうち廊下の向こうから、重たい足音が近づいてきた。

楼主が迎えにきたのか。まだ紅も差していないのに。鏡台に置かれた紅を手に取るが、指先が震えて取り落とした。焦って床に手を伸ばしたら、部屋の前で足音が止まった。

「清」

襖の向こうから名を呼ばれ、清は中途半端に手を伸ばした状態で動きを止める。聞こえてきた低い声は、楼主のものではなかった。

清は襖に目を向ける。ぴたりと閉ざされたその向こうにいるのは誰だろう。胸の辺りで期待が膨らみ、喉元まで膨れ上がって、うっかり頭に浮かんだ相手の名を呼びそうになった。

まさかそんなわけがないととっさに唇を噛んだら、再び襖の向こうで声がした。

「清、俺だ。羽田正嗣だ」

清は目を丸くして襖を凝視する。空耳か、あるいは夢でも見ているのかと思ったが、襖の向こうから響いてくるのは確かに正嗣の声だ。

「これから仕事があるんだろう。忙しいときにすまない。少しだけ話をさせてくれ」

襖を隔て、言葉を探すような沈黙が落ちる。間を置いて、正嗣が深く息を吸い込む気配がした。

「前回は、すまなかった。酔ったお前を無理やり……。今日はその詫びにきた」

その声があまりにも重々しかったものだから、何を言われたのか一瞬捉え損ねた。

正嗣が何に対して詫びているのかわからない。正嗣はきちんと支払いも済ませているし、物を壊したわけでも誰かを傷つけたわけでもない。

清がぽかんとしている間も、正嗣は訥々と言葉を重ねる。

「今更こんなことを言っても信じてもらえないだろうが、普段からあんなふうに軽々しく他人に触れているわけではないんだ。女性にも無体を働いたことなんて一度も……。むしろ自分は、淡白な方だと思っていたくらいで……」

正嗣の声は尻すぼみになりがちで、襖を隔てているせいもあり何が言いたいのかよくわからない。寄せては返す波のように押したり引いたりする声は、正嗣自身何かを迷っているようでもある。

「……あんな、理性がすりきれたようになってしまったのは、お前が初めてだった」

起きがけに夢の内容を語るように、正嗣の声が小さくなる。

清もまた、夢を見ているような気分で正嗣の声に耳を傾けた。

まるで薄氷の上にでも立っている気分だ。少しでも身じろぎをしたら、目の前の現実が足元からぱりりんと割れて消えてしまう気がする。

そうやって黙りこくっていたら、襖の向こうから正嗣の不審そうな声がした。

「……清？　本当にそこにいるのか？」

返事どころか物音一つ聞こえてこないので確信が持てなくなったらしい。慌てて口を開こうとしたが、その前にすらりと襖が開かれた。

廊下に立っていた正嗣は、前回と同じく軍服を着て帽子をかぶり、腰には軍刀を下げていた。相変わらず凛々しい姿に目を奪われた清は、正嗣が鋭く息を呑んだのに気づかない。

「清、か？」

一瞬迷うような顔をした正嗣を見て、ようやく自分が女物の着物を着ていることを思い出した。面食らった様子の正嗣を見上げ、とっさに顔を伏せる。男の自分が着飾った姿は、どんなに滑稽に正嗣の目に映っているだろう。猛烈な羞恥に苛まれる。

「楼主は、これからお前は仕事だと言っていたが……」

振袖姿の清を見て、掃除や洗濯などの仕事をするわけではないと察したのだろう。見る間に正嗣の表情が険しくなった。

「下働きではなく、遊女のような仕事もしているのか？　そのために髪も伸ばして？」

正嗣の声が低くなる。下働きに手を出してしまったと悔やんで謝罪に来てみれば、実際は遊女と似たような仕事もしているとわかって無駄足に腹を立てたのか。

　こんな仕事をするのは今日が初めてで、決して正嗣に嘘をついたわけではないのだが、そんな申し開きをされたところで正嗣だって気は済まないだろう。

　項垂れていたら、廊下から今度は楼主の声がした。

「旦那、話をするなら襖越しにとお伝えしたはずですが」

　抑揚乏しく言い放った楼主は、正嗣を押しのけるようにして室内に入ると力任せに清の腕を摑んで立ち上がらせた。

「さあ清、仕事だ」

　急に腕を引かれ、慣れない振袖など着ていた清は足をもつれさせる。転んで畳に膝をつくと「時間稼ぎをするな！」と怒鳴られ、後ろで一つに束ねていた髪を鷲摑みにされた。

「早くしろ！」

　力任せに髪を引っ張られ、痛みに清は低く呻く。そんな自分たちの姿を、部屋の入り口に立った正嗣に見られていると思うと恥ずかしくて顔も上げられなかった。

　似合いもしない振袖を着せられ、楼主に乱暴に扱われて、この後は仕事と称して楼主に身をゆだねなければいけない。こんな惨めな姿、正嗣には見られたくなかった。

目元にジワリと涙が滲み、清は唇を噛みしめる。せめてこれ以上情けない姿は見せたくない。立ち上がり、きちんと正嗣に一礼して部屋を出ていこう。

楼主に髪を引っ張られる痛みに堪えて立ち上がろうとしたそのとき、部屋の入り口に立ち尽くしていた正嗣がふいに動いた。

正嗣は大股で清のもとに近づくと、その腰に腕を回して一息に清を抱き起こしてしまう。爪先が床から浮いて、とっさに正嗣の肩にしがみついた。

楼主はぎょっとしたような顔をしたものの、清の髪はしっかりと摑んで離さず、「旦那、どういうおつもりで」と正嗣を睨んだ。

楼主に力任せに髪を引っ張られ、清は小さく悲鳴を上げる。その声を聞きつけるや、正嗣がものも言わず腰に下げていた軍刀に手をかけた。

鞘から剣が引き抜かれ、楼主だけでなく清も息を呑んだ。

正嗣が軍刀を振り上げる。その軌跡を目で追うだけの勇気もなく、清は両目を固くつぶった。次の瞬間、ぶつりと何かを断ち切る音がして、髪を引っ張られる痛みが急に消えた。

正嗣の体がぐらついて目を開けば、部屋の中央に愕然とした顔で立ち尽くす楼主の姿があった。その手に握られているのは、長い髪の束だ。

項でさらさらと髪が揺れ、清は首裏に手を当てる。背中の途中まで伸びていたはずの髪がない。楼主が摑んだ清の髪を、正嗣が軍刀で根元から切り落としたのだ。

楼主は正嗣に縦抱きにされた清の顔を見て、それから自分の摑んだ髪の束に目を落とし、ゆるゆると目を見開いた。

「——髪が。朝露の、髪が」

清ではなく母親の名を呼んで、楼主はぶるぶると震える手で髪の束を握りしめる。顔を上げた楼主は蒼白(そうはく)な顔で正嗣を睨みつけると、泥でも漕(こ)ぐような足取りで近づいてきた。

「あ、あんた、俺が、俺がどれだけ時間をかけて、そいつをここまで育てたと……！」

こちらを睨みつけてくる楼主の目は血走っていたが、正嗣は動じた様子もない。清を床に降ろすと、楼主の視線から隠すようにその身を胸に抱き込んだ。

「大事な働き手を傷物にしてしまって申し訳ない。責任は取る」

「責任って……そ、そいつの髪が伸びるのに何年かかったと思ってるんだ！　ようやく、ようやく体も育って、やっと朝露と同じように……っ」

「身請けする」

何事かわめいていた楼主の言葉を、正嗣は短い言葉で断ち切ってしまう。まるで清の髪を切り落としたときのようにぶっつりと、容赦なく。

啞然(あぜん)とする清を胸に抱いたまま、正嗣は楼主に向かって言い放った。

「身請け金は明日にも用意する。そのまま連れ帰っていいな？」

清と同じく目を丸くして立ち尽くしていた楼主の手から、髪の束がぽとりと落ちた。

「清を、ここから連れていくと……?」

「そうだ。それから、今夜は俺が彼を買う。先客の倍額出そう、座敷に案内してくれ」

「ふ、ふざけるな！　清は遊女じゃないんだ、売るつもりはない！」

「なら、どうしてこんな着物を着せている?」

淡々とした声で問われ、楼主がぐっと言葉を詰まらせた。

清は正嗣の腕の中で、おろおろと二人の様子を見ていることしかできない。視線をさまよわせていたら楼主と目が合って、たちまち大声で怒鳴りつけられた。

「清！　さっさとこっちに来い！　また棒で叩かれてぇか！」

瞬間、先の割れた竹の棒がヒュッと鋭く空気を切る音が耳の奥で蘇り、思うより先に正嗣の腕を押しのけ楼主のもとに足を向けていた。

恐怖に支配された条件反射だ。行きたくはないが、ここで行かなければひどい目に遭う。逃げ場所がない以上、少しでも軽い傷で済むよう考えて動かなくては。

楼主の顔に歪んだ笑みが浮かんだその直後、正嗣に強く肩を抱かれて引き戻された。

「棒で叩く?」

地鳴りのような低い声に、前に踏み出しかけていた足がびくりと竦んだ。正面から正嗣に見据えられた楼主の顔からも笑みが引く。

正嗣は楼主から目を逸らすことなく、ますます低い声で言った。

「日常的に暴力を振るっているのか?」

「そ、そういうわけじゃ……。躾で、たまに」

視線を泳がせる楼主を正嗣がじっと見ている。清を抱く腕に力がこもり、どうあっても離すまいという強い意志が伝わってきた。

「今夜は俺が彼を買う。明日には身請けだ、問題ないな?」

「いや、それは——……」

のらりくらりと答えをはぐらかそうとしている楼主に気づいたのか、軍帽のつばの陰に隠れた正嗣の目が剣呑(けんのん)さを増した。間近からその目を見上げた清は息を詰める。

「……最近、近くの妓楼にヤクザ者が乱入して大暴れしたらしいな」

一方の楼主は正嗣の目つきに気づいていないのか、急に話題が変わったことを不審に思っているようだ。

「他の妓楼の人間が、商売敵に嫌がらせをするために送り込んだという噂も聞いた」

そこまで言われて、ようやく楼主の顔つきが変わった。

楼主が商売敵を追い落とすため柄の悪い客を相手の店に送り込んでいるという話は清も聞いていたが、この様子を見るに根も葉もない噂というわけではなさそうだ。

「遊郭の中に巡査が入ってくることは滅多にないだろうが、あまりに治安が悪いようなら、俺たち軍人が見回っても構わんぞ」

獣が唸るような低い声でそう告げた正嗣の手には、抜き身の軍刀が握られたままだ。

最初の勢いを失って黙り込む楼主の前で、軍刀を鞘に収めながら正嗣は言う。

「座敷へ案内してくれ。それから、こいつは俺が身請けをする。問題ないな？」

再三の確認に、楼主はぐっと奥歯を噛みしめてから、消え入るような声で「はい」と応じた。


正嗣に手を引かれて座敷に連れ込まれた清は、部屋に入るなり客用の座布団に座らされ、いきなり正嗣に土下座をされた。

「髪を、すまない。本当に、詫びのしようもない」

軍人の本気の土下座だ。恐れ多さに卒倒しそうになった。

清が髪を伸ばしていたのは楼主にそう命じられていたからで、清本人には未練もない。それよりも畳に額(ぬか)ずいて動かない正嗣を前にどうしていいかわからず、やめてください、顔を上げてくださいと半分泣きながら頼み込む羽目になった。

その後はもう、前回のような甘い雰囲気など欠片もない。

正嗣は清を布団に押し込むと、自分は座敷の入り口近くに座って動かなくなった。

「強引なやり方でお前を身請けしようとしている自覚はある。あの楼主にも脅しめいたことを言ってしまった。店の連中が座敷に押しかけてきて、力ずくで遊郭の外に放り出されるかもしれん」

軍刀の柄に手をかけてそんなことを言う正嗣は真剣そのものだ。襖越しに耳を澄ます横顔は張り詰めて、本気で自分を身請けする気かと尋ねるのも憚られる。せめて布団から出ようとするも「お前は休んでいろ」と言われてしまうので隣に座ることもできない。

そうこうしているうちにだんだんと、自分が耳にした言葉は本当に「身請け」だったのか確信が持てなくなってきた。

遊女ならともかく、下働きの自分を身請けしたいなんてどう考えてもおかしい。大枚をはたいて清を連れ帰ったところで正嗣の利益になることなど一つもない。

もしかすると自分は聞き間違いをしたのかもしれない。あるいは、「身請け」という言葉には清の知らない別の意味も含まれているのではないか。

（だってそうでなかったら、どうして正嗣様みたいな軍人さんが僕を身請けしてくれたりするだろう……？）

身請けなんて、きらびやかな遊女でさえ夢見て叶わぬ僥倖が自分なんかに降ってくることなどあり得ない。座敷の隅で金平糖を拾うくらいささやかな幸せが自分には似合いだ。

期待なんてしない方がいい。朝になったら淡雪のように消えてしまう儚いものだ。

布団の中でそんなことを考えているうちに、足の先がぽかぽかしてきた。客用の布団は柔らかく、清の体温を吸ってぬくぬくと温かい。普段清が使っているせんべい布団とは大違いだ。妓楼に勤める者の習いで慢性的に寝不足なせいか、こんな状況だというのに眠気が襲ってくる。

(きっと僕、何か勘違いしてるんだ……)

襖の前で凛々しく端座している正嗣も、朝になったら姿を消しているのだろう。

そんなことを考えながら眠りに落ちた清だったが、驚いたことに翌朝目覚めても正嗣は座敷にいた。

正嗣は一睡もしていなかったようだが疲れた顔も見せず「すぐに戻る」と言い置いて妓楼を出ていった。去り際、楼主に「俺がいない間、くれぐれも清に妙な真似はするなよ。軍部にあれこれ詮索されたくはないだろう」と釘を刺していくのも忘れずに。

楼主はひどく忌々しそうな顔をしながらも頷いて、正嗣が帰った後はもう清に一瞥をくれることもなく内所に入り、二度と出てこようとしなかった。

昼見世が始まる頃には、清の身請けが決まったことは妓楼の中に知れ渡り、ちょっとした騒ぎになっていた。

清は噂の渦中にいるはずなのに、一番事情を呑み込めていない。何を訊かれても上手く答えられず、自分がこれからどうなるのかもよくわからないまま、普段は滅多に使えない風呂に入れられ、いつも身につけているものよりましな紺の着物に着替えさせられて、ざんばら髪も切り揃えてもらった。

夜見世が始まる頃、三野屋の前に正嗣が現れた。「遅くなってすまない」と詫びる正嗣は今日も軍服に軍帽をかぶり、番頭と何やらやりとりをしてから清のもとへ戻ってきた。

「行こう」

促され、三野屋を出たところまでは夢見心地だったが、大門の前に立ったときはさすがに足が震えた。生まれてこの方、清はこの門の向こうに出たことが一度もない。

門番が清を睨んでいる。足が竦んだが、正嗣がそっと背中に手を添えてくれて、震える足でなんとか門の外へと足を踏み出した。

無事に大門を潜ったはいいものの、がくがくと膝が震えてまともに歩けない清を、正嗣は人力車に乗せてくれた。遊郭から大通りまで移動すると、今度は馬車に乗り換える。

馬車は二人乗りだった。初めて乗る馬車に緊張していたのは束の間で、すぐに窓の向こうを流れる町の景色に意識を奪われた。

外灯が灯された通りは夜でも明るく、その下を多くの人が行きかっている。中には洋装の女性もいて目を奪われた。遊郭の中でも毎朝青物や鮮魚の市が開かれていたし、夜ともなれば連日大変な賑わいだと思っていたが、その比ではない。

どこまで行っても途切れることのない道。何にも囲われていない広い景色。見慣れない服装と仕草、外観だけでは何を売っているのかもわからない店。通りを照らす外灯は夜をかき消すまばゆさで目が回りそうだ。

雑多な物を目で追いきれなくなって、清はふらふらと馬車の背凭れに寄りかかった。

「車酔いでもしたか？」

初めて見る外の賑わいにすっかり心を奪われていた清は、正嗣の声で我に返って車内に目を向けた。

隣に座る正嗣の顔が外灯の光に照らし出される。道沿いに等間隔に並んだ外灯の前を通り過ぎるたび、一瞬闇に浮かび上がっては消えていく精悍な顔を見上げ、清は小さく息をついた。

外の世界も美しいけれど、隣に座る正嗣の凛とした佇(たたず)まいも負けず劣らず美しい。

（まだ、夢から覚めていないみたいだ）

遊郭の外に出られただけでも信じられないのに、隣に目を向ければ何度でも正嗣の姿を視界に収められる。この数日は正嗣が訪ねてきてくれるのをただ待つばかりで、もしかしたらもう二度と会えないかもしれないとすら思っていたのに。

瞬きも惜しんでその顔を見詰めていたら、ふいに正嗣が口を開いた。

「今回は性急に話を進めてしまってすまん。今更だが、嫌ではなかったか？」

清は驚いて「嫌なわけありません！」と声を裏返らせた。感謝こそすれ、嫌なことなどあるわけがない。

正嗣は清の目を覗き込み、用心深い猫に手を伸ばすときのような慎重な手つきで清の耳元に触れた。

「髪を切り揃えたんだな」

「は、はい。さすがにあのままでは見苦しいからと、髪結いの人が……」

「そうか。よく似合ってる」

触れるときと同じようにゆっくりと離れていく正嗣の指を目で追って、清はおずおずと尋ねた。

「正嗣様は、僕がこんな形でも構わなかったんでしょうか？　この通り髪は短くなってしまいましたし、着物だってこんな地味な男もので……」

「その着物は気に入らないのか？」

不思議そうな顔で尋ね返され、そういうことではなく、と眉を下げる。

「これではもう、遠目に見ても女性のようには見えないので……」

初めて声をかけられたとき、正嗣は清を下働きの女性と勘違いしていた。昨日だって、遊女のように着飾った清を見て身請けを決めてくれたのではなかったのか。

「別に、お前が女に見えたから引き取ったわけじゃない。むしろ……」

むしろ？　と首を傾げたが、続く言葉がなかなか正嗣の口から出てこない。

正嗣は何度か口を開け閉めすると、何か呑み込むように口元を掌で覆って溜息をついた。

「……俺は、女性とはそれなりに同衾した経験があるが、昔からあまりそういう行為に夢中になったことがなかった。それは俺自身の性格によるものかと思っていたが、違ったのかもしれない」

唐突に話の矛先が変わった。会話がどこに着地するのかわからず首を傾げていたら、正嗣が横目でちらりと清を見た。

視線が合う。しかしそれはビー玉を転がしてぶつけたときのように一瞬で弾け、正嗣は窓の外へと目を向けてしまった。

「俺はずっと剣道を習っていて、だから入隊したときも、銃より剣の方が性に合っていると、そう思っていたんだ」

また話題が飛んだ。はい、と相槌を打ってみたものの、正嗣が何を思って会話の舵を切っているのかさっぱりわからない。

正嗣は視線を落とすと、膝に置いていた自身の右手を緩く握った。

「だが、いざ銃を構えてみたらひどくしっくり手に馴染んで、自分が本来手にするべきはこちらなのだな、と腑に落ちた。実際手にしてみるまではわからなかったが……」

初めて銃を手にしたときのことでも思い出しているのか、正嗣が深く目を閉じる。

黙ってその横顔を見詰めていると、ゆっくりと正嗣の瞼が上がった。今の会話でどう考えをまとめたのか知らないが、清を振り返ったその顔にはもう、迷いがない。

「前回、座敷でお前に触れたときもそんなふうに思った」

「座敷」と復唱した途端、正嗣の膝に乗せられあれこれされたことを思い出し、みるみる顔が赤くなった。

（つまり、なんだ……？　正嗣様は剣を持つより銃を構える方が性に合っていて、でも実際に銃を持ってみるまでそうとは気づかなくて……？　それで、座敷で僕に触ったときも同じことを思った……とは？）

何かの比喩なのだろうとは思うが、具体的に何を言われているのかわからない。直前まで、あまり女性との色事に興味がないとかそんな話をしていたはずだが。

（……つまり？）

頭の中でなんとか話をまとめようとしたところで馬車が止まり、正嗣に促されて馬車を下りた。

店が軒を連ねていた大通りとは違い、民家が建ち並ぶ夜道は薄暗い。その中でもひと際大きな門構えの屋敷の前で正嗣は立ち止まる。

「俺の家だ」

清はぽかんと口を開けて正嗣の背後にそびえる家を見遣る。すっかり夜も更けているので全体像は闇に沈んでよく見えないが、門扉のずっと奥に家の明かりが見えた。それだけでもこの家の広さが窺える。

門扉から続く長い敷石を踏んで玄関の前に立つ。正嗣に続いて潜った戸口の向こうは眩しい光に満ちていて、清は掌で目元を覆った。天井から電灯がぶら下がっているらしい。三野屋は基本的に行灯とろうそくの光しかなかったので、あまりの明るさに目がくらむ。光に目が慣れてくると今度は、玄関の土間の広さに息を呑んだ。大人数人が寝転んでもまだ余裕がありそうだ。三野屋の一番狭い座敷と同等の広さはある。

先に靴を脱いだ正嗣が上がり框から清を振り返る。差し出された片手をぼんやり見詰めてしまい、我に返って慌てて下駄を脱いだ。その間も正嗣の手はこちらに差し伸べられたままで、おっかなびっくりその手を取る。

上がり框に引き上げられると同時に、家の奥から着物姿の男性が出てきた。正嗣に対し「お帰りなさいませ」と深く頭を下げているところを見ると、使用人の類だろうか。

正嗣はかぶっていた帽子を相手に手渡すと「父は？」と尋ねた。

「旦那様なら、奥の間でお仕事を……」

「わかった。夕餉の準備をしておいてくれ。俺の分と、彼の分も」

正嗣が軽く清の手を引っ張って前に出す。使用人は清がどういった素性の人物かとっさに判断できなかったのか、曖昧な表情で「かしこまりました」と頷いた。

その様子を見て、正嗣は自分をなんと家族に紹介するつもりだろうとふと思った。

まさか「遊郭から身請けしてきた」などと軽々しく打ち明けるとも思えない。何かそれらしい言い訳を用意しているのなら口裏を合わせなければ。そんなことを考えながら、玄関正面に伸びる長い廊下を歩いていく。

廊下の右手にずらりと障子戸が並ぶ様子は、住み慣れた妓楼の二階を彷彿させた。左手のガラス戸からは外が見える。ただ、夜も遅いので庭の様子は暗くて見通せない。

途中で右手に階段が現れ、二階建てなのだな、と思っていたら廊下の突き当たりまでやってきた。迷わず右に折れた正嗣を追いかけ、本当に広い家だと感嘆した。

正嗣は、障子の向こうから淡く明かりが漏れている部屋の前で足を止めると、「失礼します」と声をかけてから障子を開けた。

十畳ほどの部屋は電気がついておらず、代わりに行灯に火が灯っている。見慣れた光景にほっとして目を動かせば、こちらに背を向けて書きものをする男性の後ろ姿が目に飛び込んできた。

「ただいま帰りました。一つご報告があるのですが」

正嗣に声をかけられても男性は何かを書きつける手を止めず、正嗣を振り返ろうともしない。代わりに低い声で「手短かにな」とだけ言った。

正嗣は清の手を引き室内に足を踏み入れると、男性の背後に腰を下ろした。何が何やらわからぬまま清もその隣で正座をする。その間も、男性は一度もこちらを振り返らない。

文机に向かう男性は着物の上に羽織を着ている。外出先から戻ってきた直後なのかもしれない。広い背中を見て、正嗣と同じくらい大柄な人だ、と思った。

（あ、そうか。この人が正嗣様のお父さん……）

使用人に父親の所在を尋ねていたものな、などと思っていた矢先、隣にいた正嗣が重々しい口調で言った。

「今日彼を、遊郭から身請けしてきました。清と言います。彼を俺の、内縁の妻にするつもりです」

文机に並べた紙に何事か書きつけていた男の手が止まった。だけでなく、正嗣の隣に座っていた清の息も止まる。

（……妻？）

身じろぎもできず、視線だけ動かして正嗣を見る。文机に向かっていた男性もさすがに無視できなくなったのか、ようやくこちらを振り返った。

行灯に照らされた男性の顔は、五十代といったところか。お世辞にも愛想がいいとは言えない仏頂面で、なるほど正嗣の父親らしいと妙に納得してしまった。

首だけ巡らせた正嗣の父親は、まず正嗣を見て、それから隣に座る清を見た。

鋭い眼光が飛んできて、清はあたふたと畳に手をつく。なんの心構えもできていなかっただけに挨拶の言葉も浮かばず、「よろしくお願いします」と頭を下げるだけで精いっぱいだ。

室内に沈黙が流れる。正嗣はそれ以上何を説明するでなく、父親も何を尋ねるわけでもない。下げた頭を上げるきっかけもわからず息を詰めていると、ふん、と正嗣の父が鼻から息を吐いた。

「戯言(たわごと)を。仕事中に邪魔をするな」

心底どうでもよさそうな声音だった。息子が遊郭から連れてきた相手——しかも男を内縁の妻にするなどと途方もないことを口走ったというのにうろたえる様子もない。端(はな)から真に受けてもいない様子だ。

身を固くしていたら、背中にそっと正嗣の手が添えられた。恐る恐る身を起こした清を見て、正嗣は軽く頷く。表情がないのはいつものことだが、今ほど正嗣が何を考えているのかわからないと思ったことはない。

正嗣は立ち上がると、清がよろよろと立ち上がるのを待ってその手を取った。

「今日から離れで清と生活します。食事もそちらで取ります」

すでに文机に向き直っていた父親は、振り返るどころか返事もしない。無言で怒っているのではとおろおろしたが、正嗣は清の手を引いて平然と廊下へ出てしまう。

「離れはこちらだ」

歩いてきた廊下を引き返した先に、細い渡り廊下があった。母屋と離れをつなぐまっすぐな廊下だ。正嗣がスイッチを入れると廊下にぱっと明かりが灯り、急に目の前が白くなって目を瞬かせる。

「父と一緒で、お前もあまり電気の光が得意じゃないんだな」

正嗣は清の手を引いて渡り廊下を歩きながら「目をつぶっていてもいいぞ」と言った。

言われた通り目をつぶれば、「素直だな」と笑われる。正嗣の笑顔など貴重なのでとっさに目を開けたが、やっぱり廊下の電気が眩しくてすぐに閉じてしまった。

渡り廊下の先は離れの濡れ縁に続いていた。濡れ縁に面した部屋は茶の間のようで、小さな座卓と火鉢が置かれている。天井からは電球がぶら下がっていたが、清が電気の光を眩しがったせいか正嗣はわざわざ行灯に火を入れてくれた。

「後で俺の部屋から身の回りの物を持ってこないとな」

座卓の前に腰を下ろした正嗣が言う。本来の部屋は母屋（おもや）にあるということか。

向かいに座るよう勧められ、清もおっかなびっくり腰を下ろした。

「……どうした？　顔が青いぞ」

そこでようやく、正嗣も清の顔色に気づいたようだ。

「なんだか、長い夢を見ているようで……」

遊郭の外に出てからずっと、雲を踏むようで足元が覚束（おぼつか）ない。ともすればぐらぐらと不安定に揺れそうになる体をなんとか起こし、清は弱々しく正嗣に尋ねた。

「あの、僕は……本当に正嗣様に、身請けされたのでしょうか？」

もうそこから信じられなくて改めて問い直せば、「支払いならもう済ませた」とあっさり返された。本当に買ってくれたのか、と愕然とし、その礼も言っていないことに思い至って、遅ればせながら畳に両手をつく。

「ありがとうございます！　何年かかるかわかりませんが、お金はきっとお返しします！」

「不要だ。お前は遊女ではないからと、番頭もさほど吹っかけてこなかったからな」

だとしても安い買い物ではなかったはずだ。清は小さく震えながら正嗣に尋ねる。

「正嗣様は、どうして僕を身請けしてくださったんですか……？　それに、内縁の妻って、あれは一体、どういう意味で……？」

何もかも、清の理解の範疇を超えている。夢みたいで嬉しい、などと思える限度はとうに過ぎ、空恐ろしい気分にすらなってきた。

頭を上げることもできずに震えていると、正嗣が立ち上がって清の傍らに膝をついた。

「まずは顔を上げてくれ。きちんとした説明もせず、いたずらに混乱させてしまってすまなかった」

そっと背中に添えられた手は温かく、緊張で強張っていた体がふと緩んだ。

顔を上げた清の傍らで、正嗣はくつろいだように胡坐をかく。

「身請けをした理由なら楼主にも言っただろう。お前を傷物にした」

正嗣の手が伸びてきて、清の前髪を一筋つまんだ。たかが髪を切り落としただけで傷物だなんて大仰すぎると思ったが、正嗣の目は真剣だ。

「そんなことで……？」

「あれだけ伸ばすのには時間がかかっただろう。それを勝手に切り落としたんだ、相応の償いをしないと」

「ほ、本当にそれだけの理由なんですか？　それで身請けを？　そんな、髪なんて放っておけばそのうち伸びますよ⁉」

詰（なじ）るような口調になってしまったことに気づいて慌てて口をつぐむと、正嗣が目元を緩めた。

「他にも理由があるとすれば、その物怖（ものお）じしないところが気に入ったからだな」

滅多に見られない正嗣の笑顔に、ヒュッと喉を鳴らしてしまった。唇を引き結んだ顔は声をかけるのもためらうくらい険しいのに、ほんの少し目元や口元を緩めるだけで、たちまち正嗣の雰囲気は柔らかくなる。

「急に座敷に上げられて真っ青になっていたくせに、魚の骨すら残さず食い尽くすところも妙に肝が据わっていて、よかった」

それは肝が据わっているというより食い意地が張っているというのではないか。さもしいところを指摘されたようで恥ずかしくなったが、正嗣は本気で褒めているらしい。

「それに、店の者からひどい目に遭わされるかもしれないとわかっていながら、俺に帰るよう促しただろう。芯の強い奴だと感心したし、その心遣いに報いたくなった」

指先で清の前髪を揺らし、正嗣が小さく微笑む。その顔から、清は目を逸らすことができない。

微かな表情の変化を見つけるだけで胸が騒ぐ。これが恋というものなのか。遊女たちが必死で色恋沙汰を避けようとしていた理由がわかった。相手の視線一つ、仕草一つで苦しくなるほど胸が高鳴る。ろうそくが高く火を上げている状態に似て、あっという間に寿命が溶けて燃え尽きてしまいそうだ。

がちがちに硬直して短い相槌しか打てずにいると、ようやく正嗣の手が離れた。

「それに、最近見合い話が多くて辟易していたところだ。お前がいればそういう話も舞い込んでこなくなるだろう」

背中から正嗣の手が離れ、すうっと夜風が襟首から背中に吹き込んでくる。その冷たさに一瞬呆然としてから、なんだ、と清は脱力気味に肩を落とした。

急に清が気の抜けた顔になったのに気づいたのか、「どうした?」と正嗣が声をかけてくる。清は背筋を伸ばすと、無理やり口元に笑みを浮かべた。

「いえ、僕が正嗣様の内縁の妻だなんて、何事かと思ったのですが……そうか、お見合いを断る口実だったんですね。僕、てっきり……」

本当に自分を好きになってくれたのかと思って、と口にする前に、目の周りがかぁっと赤くなった。

何を勘違いしていたのだろう。そんなことあるわけもないのに。

正嗣はただ、妓楼で働く自分を不憫がって引き取ってくれただけだ。そのついでに、見合いを断る口実にでも使おうと考えたに過ぎなかったのに、勝手に勘違いして浮かれていた自分が恥ずかしい。

どうしてどうしてと本気で不思議がって尋ねてくる自分を見て、正嗣も呆れていたのではないか。膝の上でぎゅっと掌を握りしめたら、その手に正嗣の手が重ねられた。

「口実と言われると、まるで俺が本気でお前を妻にする気がないように聞こえるが」

「じ、実際、そうですよね……？」

清の手をすっぽりと隠してしまう大きな手から体温が伝わって声が上ずる。自分ばかり正嗣の一挙手一投足に振り回されて馬鹿みたいだ。羞恥と落胆が混ざり合って涙目になったら、清の手に重ねられた正嗣の指先に力がこもった。

「お前と所帯を持とうと思っているのは本当だ。近く親族にも報告に行く。お前と初めて座敷で顔を合わせてから、丸三日考えて出した結論だ」

そう言った正嗣は怖いくらい真剣な顔だ。三日も、と声を詰まらせたが、よくよく考えると三日はあまり長くない。そんなことを思っているのが表情に出てしまったのか、正嗣は続けて言う。

「何事も即日に決定する俺にしては、随分長く悩んだ方だ」

「そ、そう、だったんですか……？」

そういうものだろうか。本人が言うのだからそうなのかもしれない。どう捉えるべきか悩んでいたら、清の手を摑む正嗣の指先が緩んだ。

「見合いを断り続けるのも骨が折れるし、適当な相手と形ばかりの結婚でもしてしまおうかと考えたこともあったが……」

親指の腹でそっと手の甲を撫でられて息を吞む。恐る恐る視線を上げると、身を乗り出した正嗣に低く囁かれた。

「どうせなら、好いた相手との方がいいだろう」

甘さを孕んだ声に驚いて目を見開く。すぐに面映ゆそうな顔で視線を逸らされてしまったが、清は信じられない思いで正嗣の顔を凝視した。

「ぼ、僕のことを……好いて、くださったんですか？」

本当に？　と重ねて尋ねると、こちらを見ないまま小さく頷き返された。まじまじとその顔を覗き込んでいたら、正嗣の手が伸びてきて清の目元を覆い隠す。

「あまり見るな」

目隠しなんて、子供みたいなことをする。照れているのか。本気なのかと思ったら、目の奥が熱くなった。

「……僕も、正嗣様が、好きです」

正嗣に視線を奪われたまま呟くと、目元を覆う手がゆっくりと下にずれた。瞼を上げると、思ったよりもずっと近いところに正嗣の顔があって息を呑む。

清、と吐息交じりに名前を呼ばれ、目元を覆っていた手で顎先を捕らわれる。唇に息がかかったその瞬間、部屋の外から「正嗣様」と声がかかった。

驚いて体を跳ね上がらせると、同時に正嗣の体も離れた。障子戸の向こうから、玄関先で顔を合わせた男性の声がする。

「お食事の支度が整いましたが、離れにお運びしますか？」

正嗣は背後を振り返り、小さく溜息をついてから「頼む」と返した。

短い応え(いら)を残して足音が遠ざかる。すっかり足音が聞こえなくなる頃にはもう直前までの張り詰めた空気も霧散していて、清は脱力気味に畳に手をついた。

「食事の前に着替えてくる。少し待っていてくれ」

そう言って立ち上がった正嗣はまだ軍服姿のままだ。着替えは母屋にある正嗣の部屋にあるらしい。離れを出ようとする正嗣を、清は慌てて呼び止めた。

「ま、正嗣様……！　あの、ふ、不束者(ふつつかもの)ですが、どうぞよろしくお願いいたします！」

三つ指をついて深々と頭を下げると、正嗣が踵(きびす)を返して室内に戻ってきた。

「こちらこそ、よろしく頼む。不便があればすぐに言ってくれ」

正嗣が傍らに膝をついた気配がして顔を上げると、待ち構えていたように頰に手を添えられ、額に柔らかく唇を押し当てられた。

たちまち顔を赤くした清を見て、正嗣は唇にわずかな笑みを乗せると今度こそ部屋を出ていった。

一人離れに残された清は、顔を赤くしたまま額に手を当てる。

昨日の夜から信じられないことばかりだ。だが夢ではない。自分は本当に遊郭を出て、正嗣に身請けをされた。しかも使用人として引き取られたわけではなく、内縁の妻にと望まれている。

(い……いいのかな？　僕なんかが、本当に……？)

遊郭で下働きをしていた自分が、こんな立派なお屋敷に住む軍人に娶(めと)られるなんて。

やっぱりこれは夢かもしれない。だとしたら目覚めるのが怖い。

次に目覚めたとき、自分はどこにいるのだろう。

火照った頰に手の甲を押し当て、今夜はきっと眠れないな、と清は溜息をついた。


離れの濡れ縁から外に出ると、椿(つばき)の木に囲まれた小さな庭を眺めることができる。霜月(しもつき)

の空の下、椿の葉は重く茂って、母屋と離れの目隠しをしている。

椿で囲まれた小さな庭には井戸があり、土間にはかまどもあるものの、離れで本格的に煮炊きをすることは滅多にないのか調理器具の類は用意されていなかった。三度の食事は母屋で作られ、時間になると使用人の手でこの離れまで運ばれてくる。

濡れ縁に腰かけた清は、椿の向こうに見える母屋の屋根を見上げて溜息をついた。二階建ての母屋と大きな庭、茶の間と寝室の二間を備えた離れまであるこの家は、間違いなく豪邸だ。

正嗣の屋敷に来て、今日で四日目。

ここでの生活は規則正しい。朝日とともに床を出て、母屋から運ばれてくる朝餉を正嗣と取る。食後、軍服に着替えて出かけていく正嗣を渡り廊下まで見送るのが清の日課だ。正嗣は毎日、軍営に通って仕事をしているらしい。

正嗣を見送ると、清にはもう何もすることがなくなってしまう。

「家の者にはお前を内縁の妻と紹介している。母屋でもどこでも好きに過ごしてくれて構わない」

清をこの家に呼び寄せた翌日、そう言い置いて正嗣は離れを出ていった。

何もしないでぼんやりしているのも退屈だ。何か仕事でもないかと早速母屋に顔を出した清だったが、使用人たちは清を見ると揃って表情を強張らせ、すぐさま回れ右をしてしまう。清から声をかけてみても、相槌ともつかない声が返ってくるばかりで会話にならなかった。

台所仕事などを手伝おうとしたこともあったが、これから下ごしらえをするのだろう野菜籠に手を伸ばそうとしたら、横から女性の使用人にさっと籠を取り上げられた。それも無言でだ。清がおずおずと手を引くと、相手は清に背を向け黙々と野菜の皮を剝き始めた。周りにいる使用人たちも同じく、清に視線すら向けてこない。

この家の使用人たちは、清が家の仕事を手伝うことを歓迎していないらしい。

そう悟ってからは、離れに運ばれてきた膳を洗って返したり、離れの掃除をしたりして過ごすようになった。

しかしそれだけではどうしても時間が余る。そこで清は、母屋に忍び込んでこっそり仕事をするようになった。周囲を困らせるのも本意ではないので、基本的に隠れながらの行動だ。廊下の向こうから人の気配が近づいてくると、厠に飛び込んで身を隠すようにしている。おかげで一日に何度厠を掃除しているかわからない。

他にも人気のない座敷や廊下、裏庭などを掃除している。

正嗣の家には内湯もあって、ここは日中あまり使用人たちが立ち寄らないので清も張り切って掃除をした。妓楼の風呂も毎日掃除をしていたので慣れたものだ。

今日の午前中もこそこそと裏庭の掃除をしていたら、台所から使用人たちのお喋りが聞こえてきた。草むしりに夢中になっているうちに、勝手口の近くまで来てしまっていたらしい。

「離れのあの子、遊郭から連れてきたんだって？」

その一言で、自分の話をされているのだとわかって身を硬くした。

「下働きだったんだって。そりゃそうよ、どう見たって男の子じゃない」

「妓楼で働かされてるのを見て、放っておけずに連れ帰ってきたのかねぇ」

「正嗣様はお優しいから」という感じ入ったような男性の声に「遊郭の人間と仕事をするなんて」という忌々しげな女性の声が重なった。わざわざ台所を覗き込まなくても、喋っている人たちの表情が見えてくるようなあけすけな口調に眉が下がる。

「でも、ありゃ本気なのかね。内縁の妻っていう……」

「まさか！　だって男の子じゃない」

「だからこそ内縁の妻なんだろ？　男同士じゃ本当に結婚できるわけじゃなし」

「いやでも、正嗣様はお兄様のことがあるからな。内縁の妻を娶ったって事実だけ作って、あの子は一生離れに隠しておくつもりなんじゃないか？」

「だったら適当な女でもよかったんじゃないかねぇ」

「万が一にも子供なんてできちゃ困るからだろう」

「案外、元から衆道趣味がおありだったのかも」

「どっちにしろもったいねぇ。少尉様として前途洋々だったってのになぁ。俺たち自慢の正嗣様に、こんなふうに味噌がついちまうなんて」

それ以上は聞いていられず、逃げるように離れに戻ってきた。つい先ほどのことだ。

（やっぱり僕、この家の人たちに全然歓迎されてなかったんだなぁ……）

わかってはいたが、直接彼らの言葉を耳にするとさすがに堪えた。何よりも、自分をそばに置いておくことで正嗣の評価まで下がってしまうなんて清の望むところではない。

（それに正嗣様、お兄さんがいたんだ……。知らなかった）

思えば自分は、正嗣のことを何も知らない。正嗣の家族構成も、家業すら。わかるのは、正嗣が軍人であるということくらいだ。

こうなると気になるのは、正嗣の兄の存在だ。使用人たちは、正嗣が清を内縁の妻にしたことと兄の存在に関係があるようなことを言っていた。

自分のあずかり知らぬところで、何か話が進んでいるのか。

三野屋にいた頃、会って間もないのに身請けしてやるなどと言う男の話は信じるな、絶対に裏がある、と強い口調で言いきっていた遊女の声が、やけに生々しく蘇る。

（そ、そういうものなのかな……。正嗣様にも、何か裏が……？）

考えたところで答えは出ず、清は縁側から立ち上がる。

こうして座り込んでいるくらいなら掃除でもしていた方がまだましだ。

もう磨くところもないくらい磨き上げた縁側の廊下に雑巾をかけるべく、清は土間へ掃除道具を取りに向かった。

正嗣は連日仕事が忙しいらしく、いつも夕餉を外で済ませてくる。離れに運ばれる膳は清の分だけで、羽田家に来てからというもの毎晩清は一人で食事を取っていた。

妓楼にいた頃は、茶碗にほんの少し盛られた麦飯と具のない味噌汁、野菜の切れ端の漬物でなんとか空腹をしのいでいたが、羽田家の食事はさすがに豪華だ。

今日の夕餉は炊き込みご飯とカブの味噌汁、根菜の煮物と甘辛く炊いた煮魚だった。

妓楼のまかないでは出てくるはずもないごちそうの数々に最初こそ目を輝かせていた清だったが、最近は少しだけ表情が暗い。料理が豪華であればあるほど、一人で食べるのが味気なかった。

それに最近、折に触れてみぞおちの辺りに痛みが走る。食事中も腹の内側を針の先でつつかれるような痛みを覚え、箸が止まってしまうこともあった。

だがせっかくの料理を残すのは気が引ける。もったいないと思う気持ちと胃の痛みを天秤にかけたら俄然前者が勝って、清はときどき顔をしかめながらも膳の料理を完食した。

夕餉を終え、使用人に勧められるまま内湯も使わせてもらい、後はもう眠るばかりとなった頃、ようやく正嗣が帰ってきた。

軍服姿で離れに現れた正嗣は、寝間着に着替えた清を見て「ただいま」と言った。

表情も抑揚も乏しかったが、清を見る眼差しにぬくもりを感じる。日中は使用人たちから無視を決め込まれているだけに、ますますそう感じるのかもしれない。

「お帰りなさい」と返したら、正嗣の目元がほんの少し緩んだ。それを見た途端、今日一日中振り子のように揺れていた清の心が前触れもなく定まった。

（やっぱり、直接正嗣様から話を聞いてみよう）

あれこれ尋ねては鬱陶しがられてしまうかもしれないが、こんな宙ぶらりんの状態でいるのは清も辛い。

着替えのため隣の部屋へ入っていった正嗣を追いかけた清は、襖の向こうからまずは当たり障りのないことを正嗣に尋ねた。

「夕餉はもう、召し上がられたんですか……？」

「ああ、仕事も長引いてしまったし軍営で済ませてきた。お前もきちんと食べたか？」

襖越しに問いかけられ、はい、と清も返事をする。

「口に合ったか？」

「もちろんです！　炊き込みご飯が美味しくて……！」

多少胃が痛んでも残せないほど羽田家の料理は絶品だ。勢い込んで答えると、ふっと空気が掠れる音がした。食べ物のことになると目の色が変わるものだと、また笑われてしまったのかもしれない。清は顔を赤らめ、話題の軌道修正を試みる。

「あ、あの、それより、正嗣様にお訊きしたいことが――……」

言い終わるより先に襖が開いて、正嗣が部屋に戻ってきた。藍色の着物に黒い帯を締めた正嗣に見下ろされ、用意していた言葉が蒸発する。長軀にピタリと沿う軍服を着ている正嗣は素晴らしく凛々しいが、いかにもくつろいだ様子で着物を着ている男ぶりもたいそうなものだ。

立て襟で喉元まできっちりと覆った軍服がいっそ禁欲的なくらい素肌を隠していたのに対し、着物は緩く合わせた襟元や、腕を上げ下ろしするたびはためく袖口から素肌が覗く。練香油で整えられた髪も夜になる頃には額に落ち、無造作に前髪をかき上げる仕草に何度でもときめいてしまって清は慌てて目を逸らした。

「お、お茶をお淹れします……！」

座卓の前に膝をつき、火鉢にかけていた鉄瓶を下ろしてテキパキと茶の準備を始めると、正嗣も清の向かいに腰を下ろした。湯呑を差し出せば、「ありがとう」と礼を述べて受け取ってくれる。

こういう些細なやりとりが清には嬉しい。妓楼では清が何をしても礼を言ってくれる人などいなかった。

正嗣の顔をつくづくと眺め、好きだな、と思う。だからこそ、多少面倒臭く思われるのも覚悟してあれこれ尋ねておかなければ。これからも正嗣のそばにいられるように。

清は勇気を振り絞り、背筋を伸ばして正嗣に尋ねた。

「正嗣様。僕にこの家のことや、正嗣様のご家族のことを教えていただけませんか？　僕はその、貴方（あなた）の、妻なので……ご家族の方や、使用人の皆さんと当たり障りなく関われるよう、いろいろと教えていただきたいです」

目を伏せて静かに茶を飲んでいた正嗣が、ゆっくりと顔を上げる。

自分で妻と言いきってしまい、清は顔を赤くする。否定されないだろうか。正嗣はちゃんと答えてくれるだろうか。頭は熱いのに指先は冷たいというちぐはぐな状態で答えを待っていると、湯呑を座卓に置いた正嗣が腕を組んだ。

「……そういえば、家族のことを何も話していなかったな。この家に住んでいるのは、父と兄と俺の三人だ。母は俺が五歳のときに亡くなった」

以上だ、と正嗣は端的に家族の説明を終える。あまりに短い説明に戸惑っていると、「他に訊きたいことは？」と逆に尋ね返された。

「正嗣様のお父さんは普段何を……？」

「父は呉服屋を営んでいる。日中は大通りにある店にいることがほとんどで、この家には寝に戻ってくるばかりだ。今日はまだ帰っていなかったな」

「でしたら、正嗣様のお兄さんもお店に？」

母屋では正嗣の父親はもちろん、兄らしき人も見かけたことがない。父親と一緒に店番でもしているのかと思ったが、正嗣はゆっくりと首を横に振った。

「兄はここのところずっと母屋の二階で休んでいる。体調がいいときも滅多にこの家から出ない」

正嗣の兄の名は、直久。正嗣より二つ年上の二十六歳だそうだ。

直久は生まれつきあまり体が丈夫ではないらしく、無理をすると熱を出しやすい。清がこの屋敷にやってくる前日にも発熱し、今は二階の自室で寝込んでいるそうだ。

「特別大きな病を患っているわけではないが、寒くなるこの時期は風邪を引きやすい。本人も使用人たちに伝染さないようにと、完全に回復するまでは滅多に階下へ下りてこない。お前と顔合わせをするのも、少し先になってしまうだろうな」

正嗣は他にも、母屋には数名の使用人が寝泊まりしていることや、大通りにある店にも住み込みの従業員が幾人かいることを教えてくれた。

かつては正嗣一家も店の奥で生活していたそうだが、住み込みの従業員が増えて手狭になったのと、寝込みがちな直久を静かな場所でゆっくり休ませるため、新たにこの屋敷を構えたのだそうだ。

「夜の間は番頭が店を取り仕切ってくれている。店に父が泊まり込むことも少なくないがな。商いのことは俺にはまったくわからん。金勘定も苦手なら、粋もわからん朴念仁だ。

店のことは兄に任せるつもりでとっとと入隊してしまった」

清があれこれ尋ねれば、正嗣は迷う素振りもなく答えてくれる。家のことを隠していたというよりも、単に訊かれなかったので答えなかったという雰囲気だ。

ならばこれも答えてくれるだろうかと、清は膝の上で両手を握りしめて尋ねた。

「ぼ、僕が正嗣様の内縁の妻になることについては、周りの方々に納得していただいているのでしょうか？」

それまでぽつぽつと清の問いかけに答えていた正嗣が、ふいに口をつぐんだ。黙り込んだのが返事のようなもので、清はますます強く両手を握りしめる。

「正嗣様のお父さんもまともに話を聞いてくれませんでしたし……やっぱり、僕は望まれてここに来たわけではないんですよね……」

使用人たちの蔑むような会話を思い出して俯いたら、「清」と低い声で名を呼ばれた。恐る恐る顔を上げると、清と目線が交わるのを待って正嗣が口を開いた。

「俺が望んでいる。お前にここにいてほしい」

清の目をまっすぐ見たまま正嗣が言う。低い声にはどっしりとした重みがあり、一日中ゆらゆらと揺れて落ち着かなかった心がやっとどこかに着地した気がした。

（……少なくとも、正嗣様には望まれてるんだ）

無自覚に詰めていた息を吐いたら、背中からゆるゆると力が抜けた。骨が鳴り、筋肉が軋んで、正嗣がいない間どれほど体を強張らせていたのか自覚する。

「急なことだったから父とはまだきちんと話ができていないが、おいおい納得してもらうつもりだ。心配するな」

はい、と答えた声が裏返ってしまった。ほっとして涙目になった清を見て、正嗣が目を見開く。

「どうした。まさか、家の連中に何か言われでもしたか？」

正嗣は立ち上がると座卓を回り込み、清の隣に膝をつく。

「俺からきちんと説明したつもりだったが、上手く伝わっていなかったか？　すまん、今からでもあいつらにきちんと話を……」

「いえ！　これはその、なんだか急に心細くなってしまったので、安心して……」

腰を浮かせかけた正嗣を慌てて引き留め、清は笑顔で目元を拭う。

使用人たちの噂話に胸がざわついたのは事実だが、面と向かって何かを言われたわけではない。何よりも、これ以上正嗣の手を煩わせたくなかった。遊郭から引き取ってもらって、こうして屋敷に住まわせてもらっているだけでも途方もない恩を感じているのだ。この上、家の者たちと摩擦まで起こしてほしくない。

正嗣はしばらく清の真意を探るような顔をしていたが、一向に笑顔を崩さない清を見て、そうか、と静かに引き下がった。

「明日、一緒に外へ出掛けるか」

　大根を包丁で一刀両断するかのような無骨さで正嗣は話題を変える。その唐突さに、未だに清はついていけない。

「あの、でも、正嗣様はお仕事が……」

「明日は俺も休みだ。うちの店も案内したいし、ついでにお前の着物も買いに行こう。これまでは家にある使い古しの着物を使わせて悪かったな」

「じゃあ、明日は一緒にいられるんですか？　一日中？」

　声を弾ませる清を見て、正嗣が珍しく面食らったような顔をした。それからゆっくりと拳を上げ、自身の口元に押しつける。

「……喜ぶのはそっちか」

「他に何を……？」

「着物を買いに行くと言っただろう」

「正嗣様と一緒にですか？」

　結局正嗣と一緒にいられることしか頭にない清を見て、耐えきれなくなったかのように正嗣が噴き出した。

「あっ！　でも僕、着物が買えるようなお金なんて持ってません……！」

「なんの心配をしてるんだ。俺が買うに決まっているだろう」

「ですが」

「俺の伴侶が使うものだ。金など惜しまん」

清の心臓を鷲掴みにするようなことを言って、正嗣は目元に笑いを残したまま尋ねた。

「そんなに俺が好きか」

「当たり前です」

相手の言葉尻を奪うように口にすると、有無を言わさず正嗣の胸に抱き寄せられた。そうか、と呟く声がやけに嬉しそうで、気恥ずかしくなって正嗣の肩に顔を押しつける。

明日は正嗣が休みで、一日中一緒にいられる。

(――……嬉しい)

胸の内で嚙みしめるように呟けば、この数日間何かとふさぎ込むことが多かった胸も浮き立って、針で胃をつつかれるような痛みもいつしか綺麗さっぱり消えていた。


翌日、清と正嗣は呉服屋に向かうため二人きりで屋敷を出た。

清は絣の着物を着て、正嗣は軍服に軍帽をかぶっている。正嗣の外出着は基本的に軍服らしい。

師走を目前に控えた日曜日は薄曇りで、今にも雪がちらつきそうな冷え込み具合だ。正嗣は軍服の上に黒い外套をまとい、清には羽織だけでなく襟巻まで巻いてくれた。

呉服屋は、正嗣の家から歩いて三十分ほどのところにあるらしい。ぐずついた空を見て正嗣は人力車を呼ぼうかと言ってくれたが、できれば歩きたいと清から願い出た。別々の人力車に乗っては正嗣とお喋りができないし、これまで遊郭の中で生きてきた清にとって外を自由に歩けるなんて夢のようだ。

清のそんな胸の内をきちんと理解してくれたのか、なんの変哲もない民家の門戸を物珍しそうに覗き込み、冬の空を映す川を追いかけ見当違いの方向へ歩いていく清を、正嗣は急かしたり止めたりしなかった。清の望むままふらふらと辺りを歩き回り、本来ならば三十分で到着するところを倍以上の時間をかけてようやく大通りまでやってくる。

「うわ、凄い人ですね」

日曜ということもあり、大通りは大変な人込みだ。

老若男女入り交じる中、清の目を惹いたのは袴を穿いた女性たちだった。女性の袴姿にも驚いたが、髪型も清が見慣れた日本髪と違う。束髪に大きなリボンをつけた姿を目で追いかけていると、横からぼそりと「女学生が気になるか」と声をかけられた。

「気になるというか、遊郭にはああした格好の女性たちはいなかったので、珍しくて」

「珍しいだけか？」

正嗣が身を屈めるようにしてこちらを覗き込んできたので、驚いて後ろによろけてしまった。とっさに背中を支えてもらえなかったら転んでいたかもしれない。

「お前は遊郭の外に出てきたばかりだから、あまりよそ見をされると心配だ」

溜息交じりに呟かれ、清は姿勢を正すとしかつめらしい顔で頷いた。

「そうですよね、僕なんて世間の常識を全然知らないんですから、よそ見なんてしてる場合じゃないですよね。迷子になっても大変ですし」

「いや、そういうことではなく――……」

正嗣は何かを言いかけたものの、言葉を呑み込むように喉仏を上下させた。

「……俺が狭量なだけだ。気にしないでくれ」

要領を得ず首を傾げていると、傍らを件の女学生たちが通り過ぎていった。固まって歩きながら、揃って横目で正嗣を見ている。その目元がうっすらと赤らんでいるのに気づいて、清は胸の内で、わかる、と呟いた。

(正嗣様、凛々しいもんな……。こんな人が近くを歩いてたら、僕だって見惚れる)

軍服を着た背中はまっすぐに伸びて、帽子で顔半分を隠していても高い鼻や、形のいい唇から顔立ちの精悍さがばれてしまう。

清が女学生たちを見ていることに気づいたのか、正嗣も同じ方に顔を向ける。途端に女学生たちは顔を伏せ、そそくさと人込みの中に消えていった。

正嗣に無表情で見詰められる威圧感に耐えきれなかったのか。それともあまりに整った顔を直視できなかったのか。どちらもわかる。清も最初はそうだった。

（でも本当は、正嗣様は凄くお優しい方なんですよ）

離れで一緒に寝起きしている自分はそれを知っている。そう思うとちょっとした優越感を覚えた。女学生たちが去っていった方を見て含み笑いしていたら、いきなり目の前が暗くなった。何かと思えば、正嗣が清の目元を大きな手で覆って隠している。

「ま、正嗣様？　あの……」

人込みの中でそんなことをされてはさすがに危ない。ふらふらと手を伸ばして外套の裾を摑むと、耳元で低い声がした。

「言っただろう、あまり見るな。——妬ける」

たっぷりと吐息を含ませた声は小さく、一瞬何かを聞き間違えたのかと思った。

「……え⁉　や、妬くって」

「着いたぞ」

目元を覆う手を外された途端、ごちゃごちゃと脳裏に渦巻いていた言葉が吹っ飛んだ。

大通りに建っていたのは、間口の広い店先に暖簾のたなびく呉服屋だ。格子戸の向こうでは、たくさんの従業員が忙しそうに歩き回っている。通りを歩く人たちもすいすいと店に吸い込まれ、外からでも店内が賑わっているのが見て取れた。

暖簾をかき分け店内に足を踏み入れる。広い土間には商品台が置かれ、半襟や足袋、帯紐（ひも）といった小物が並んでいた。

　奥の座敷は小上がりになっていて、框に腰掛けた客たちが店員とあれこれ話し込んでいる。座敷には色とりどりの反物が広げられ、あちこちで活気のある会話が交わされる店内は心地のいいざわめきに満ちていた。

　きょろきょろと辺りを見回していると、座敷の奥から誰かがまっすぐ近づいてきた。

「正嗣様がいらっしゃるとは珍しいですね」と親しげに声をかけてきてくれたのは、正嗣よりもいくらか年上だろう男性だ。「番頭だ」と正嗣に紹介され、清も小さく会釈をする。

「父は？」

「旦那様でしたら、お得意様に商品を届けに行かれましたよ。何かご用でしたか？」

「いや、いるなら声をかけておこうかと思っただけだ。今日は清の着物を買いに来た」

肩に正嗣の手が置かれ、清は急いで背筋を伸ばした。番頭は愛想のいい笑顔を浮かべ、清の顔を覗き込んでくる。

「新しい使用人か何かですか？」

「俺の妻だ」

　周りに他の客もいるというのに、声を潜めることもなく正嗣は言った。

　まさか家の外でこんなにも堂々と妻と紹介されるとは思っておらず、清は顔面に笑みを張りつけたまま動けなくなる。番頭も何を言われたのかよくわからなかったようで、「ツマ?」と正嗣の言葉を繰り返した。

「え……、と、その、清さん？　は、男性では……?」

「そうだ。正式に婚姻関係を結ぶことはできないから、内縁の妻だな」

真顔で答える正嗣を見て、番頭も冗談の類ではないと理解したようだ。一瞬ひどく理解に苦しむような顔をしたが、片手で顔を拭うとさっと苦悶の表情を消し去り、正嗣に笑顔で頭を下げた。

「それはそれは、おめでとうございます！」

困惑の表情を巧みに隠した番頭は、清に対しても笑顔で深々と頭を下げた。

「番頭の佐助と申します。どうぞお見知りおきを」

商売人だなぁ、と清は感心する。男の自分を妻と紹介されてこの笑顔とは。

正嗣の父親は、清を妻にすると正嗣が言ってもまるで相手にしなかったし、羽田家の使用人たちは清をいない者のように扱うが、佐助は一応正嗣と清の関係を受け入れたような態度をとってくれた。本心はどうあれ、初めての反応に少し肩の力が抜ける。

「いくつか反物を見繕ってくれるか」

「かしこまりました」と頭を下げて奥に戻った佐助を待っていると、すぐに他の従業員を引き連れた佐助が大量の反物とともに戻ってきた。

「この辺りなどいかがでしょう。清様は色白ですし、淡い色合いがお似合いかと。柄は控えめなものをご用意いたしました」

畳にずらりと並べられたのは、若竹色に藤色、溶き卵のような淡黄色など、柔らかな色合いのものが多い。正嗣はざっと反物に目を走らせると、ほとんど迷うことなく「これとこれ。それからこれを」と指さした。

「おや、もうお決まりですか？」

「この辺りなら清の顔色が映えるだろう」

正嗣は反物を持ち上げて清の胸元に当ててみせる。正嗣と佐助が「ほらな」「確かに」などと言い合っているのを、清はカチコチになって見ているしかない。自分のために着物を作ってもらうことなど初めてだ。

「清様のご希望は？」

「ぼ、僕は、特に何も……。正嗣様にお任せします、着物のこともわかりませんし……」

「まあ、正嗣様のお見立ては正確ですからね。店に立っていただきたいくらいです」

「俺にまで世辞を言う必要はない」

お世辞じゃありませんよ、と笑ってから、佐助はふいに真顔になった。

「でも正嗣様は買い物の楽しみをわかってらっしゃらない。清様が身につけるものなんですから、ご本人に好みを聞かなくちゃ。選ぶ楽しみを奪っちゃいけませんよ」

佐助に睨まれ、正嗣は軽く肩を竦めた。

「選択権を奪ったつもりはない。清が店先で居心地の悪そうな顔をしていたから、早めに決めた方がいいかと思っただけだ」

正嗣は意外なほど清の顔色をよく見ている。買い物慣れしていないことがばれて恥ずかしいような、見守ってもらえて嬉しいような、複雑な気分で清は俯く。

「でしたら、奥のお座敷を使ってください。鏡をお持ちしますので、清様にもじっくり選んでいただきましょう。後でちょいと珍しいものもお持ちしますから」

佐助の案内で、店の奥にある六畳ほどの座敷に通された。部屋に反物を持ち込んだ佐助は手早く清の採寸を済ませると、「では、ごゆっくり」と言い残して部屋を出ていった。

目の前にずらりと並んだ反物を前に途方に暮れていると、その隣に腰を下ろした正嗣に「どれがいい？」と改めて問われた。

どれ、と言われても、色も柄も様々で、すぐにはこれと決められない。正嗣はもう口出しをするつもりもないのか何も言わないし、沈黙が重くのしかかる。

「す、すみません、なかなか決められなくて……」

項垂れると、横から正嗣の手が伸びてきて、ぽんと頭に乗せられた。

「いい、ゆっくり決めてくれ。選択肢が多ければ悩みも増える。俺も子供の頃に同じことをされて途方に暮れた」

「正嗣様も？」

「子供の頃、父が新年に新しい着物を用意してくれることになってな」

母親が亡くなって間もない頃で、正嗣はまだ五歳かそこらだったそうだ。

正嗣の父親は持ち帰った大量の反物をずらりと並べ、どれでも選べと言ってくれたが、幼い正嗣は目移りばかりで決められない。こちらもいいしあちらもいいなと反物の間をうろうろしていたら、いつの間にか父親が部屋からいなくなっていた。

「忙しい人だからな。放っておけばそのうち決まるとでも思って仕事に戻ったんだろう。でも俺は父親に見放されたような気分になって、もしかしたらこのまま自分だけ新しい着物を買ってもらえないんじゃないかと、大泣きした」

幼い正嗣がわんわん泣いている姿を想像して、清は口元をほころばせた。正嗣にもそんな可愛らしい時代があったなんて、今の姿からは想像もつかない。

「そうやって泣いていたら、そのうち兄が来てくれた」

正嗣より二歳年上の直久は、泣きじゃくる正嗣の前にあれこれと反物を並べ「どの色がいい？　どんな柄が好き？　鏡の前で当ててごらん」と優しく促してくれたそうだ。それでようやく正嗣も泣きやんで、兄と一緒に反物を選ぶことができたという。

しかし、反物を選んだら選んだで、今度は父親にそれを渡しに行くことができない。

「遅い、もっと早く決めろと怒られるんじゃないかとぐずぐずして、兄に背中を押してもらってようやく父に反物を渡すことができた。兄がいなかったら、新年は新しい着物で迎えられなかったかもしれないな」

当時のことを思い出しているのか、正嗣が懐かしそうに目を細める。

仲のいい兄弟なのだろう。兄弟どころか家族もいない清には羨ましい話だ。

「……僕もいつか、直久様にお会いしてみたいです」

大切な兄弟に、正嗣は自分のことを紹介してくれるだろうか。そんな懸念は、こちらを向いた正嗣の顔を見たら一瞬で消し飛んだ。

「そうだな。兄の体調が回復したら、一緒に挨拶に行くか」

正嗣は目元に優しい笑みを浮かべ、なんの躊躇もせず清の言葉を受け入れてくれた。なんだか家族の輪の中に入れてもらえたようで嬉しくて、清もほころぶような笑みをこぼす。

しかし問題は目の前に並んだ反物の山だ。正嗣の幼い頃の微笑ましい話など聞けたのはよかったが、相変わらずこれというものを決めきれない。

「正嗣様は、どれがいいと思いますか……？」

困り果てて助言を仰ぐと、「自分で選ばなくていいのか」と言われてしまった。

「このままでは、何も決められないまま日が暮れてしまいそうなので……」

「別に夜まで迷ってもらっても構わんが。そうだな、俺ならこれを選ぶ」

正嗣が手にしたのは若菜色の着物だ。

くすんだ色の着物ばかり着ていた自分に明るい色など似合わないのではと尻込みしたが、

色白に見える。

正嗣と一緒に鏡を覗いて驚いた。胸元に若菜色の反物を当てた自分の顔は、何やらやけに色白に見える。


「その人に似合う色というのは、その人の肌が美しく見える色だと俺は思ってる。迷ったらこうして顔の近くに反物を寄せて、肌の色が映えるものを選べばいい」

清は鏡の中の自分をまじまじと見詰め、はぁ、と感嘆の溜息をついた。

「肌の色なんて考えたこともありませんでした。他にはどんな色が似合いそうですか？」

「俺に聞くと、自分で選ぶ楽しみとやらがなくなるぞ」

「これだけたくさんあると楽しいよりも困ってしまいます」

正嗣も清が本気で困り果てているのに気がついたのか、背後に並んだ反物の中からいくつか選んで清の横に並べてくれた。

「正嗣様はすぐになんでも決められて、本当に凄いです」

羨望の眼差しを向けると、どうだろうな、とばかりに首を傾げられてしまった。

「周りからは短慮だと言われることも多い」

「即決して失敗されることもあるんですか？」

「失敗はしない。大抵の直感は外れないからな」

そう断言できるのがまた凄い。あれこれ迷った末に失敗しがちな自分とは大違いだ。

「お前を伴侶にしようと思ったのも、直感だ」

出し抜けに言い放たれ、一呼吸おいてから清はじわじわと頬を赤らめた。

正嗣はことあるごとに清を妻だ、伴侶だと言ってくれる。清を身請けしたときから、その態度は一貫して変わらない。

清もそうであってほしいと思うが、周囲の反応は複雑だ。屋敷の使用人たちは「俺たちの正嗣様が」と嘆き、清と視線すら合わせてくれない。

「だったら僕も、正嗣様の直感が間違っていなかったって、ちゃんと証明しないといけませんね」

清は努めて明るい口調で返す。遊郭出で、女性ですらない自分が周りからそう簡単に受け入れてもらえないのは当然だ。せめて自分にできることだけでもこつこつと続けていこうと気持ちを新たに鏡に向き合えば、ぼそりと正嗣に呟かれた。

「厠の掃除をして証明するのか？」

胸に当てるつもりで持ち上げた反物を、危うく取り落としそうになった。

「ど、どうしてそれを……？」

「我が家には最近、厠の神様がいると女中たちの間で噂になっていた。掃除をするまでもなく磨き上げられていると。……やっぱり、お前がやったのか」

言われてようやく鎌をかけられたことに気がついた。正嗣は表情もなくこちらを見ていて、もしや余計なことをしてしまったかと肩を竦めた。

「すみません、一日中何もしないのも心苦しくて、つい……。それに、おうちの皆さんに少しでも、正嗣様の、つ……妻として、認めてもらえればと……」

自ら「妻」と名乗るのはやはり緊張する。おこがましいかとも思ったが、正嗣は優しく清の頭を撫でてくれた。

「逆に気を遣わせたか。悪いな。だが下働きをする必要はない。お前を使用人として家に招いたつもりはないからな」

「ありがとうございます……。でも……」

「無理に役に立とうとする必要もない。お前はあの家にいてくれるだけでいいんだ。心配しなくても、俺の直感はそう外れない」

清の頭を撫でた後、正嗣はゆっくりとその髪を梳く。

大きな掌も、それに反して意外なほど繊細に触れてくる指先も気持ちがいい。だが、清は無防備にその感触に酔うことができない。

庭先にはびこる雑草を無造作に引き抜いたら、葉裏に生えた産毛のような棘が思いがけず掌に刺さったような、微かだが無視できない痛みが胸に残る。

直感は外れない、と正嗣に断言してもらえたのは嬉しい。けれど、家にいるだけでいいなんて、それでは人形や置き物と一緒だ。

（本当にそれだけでいいなら、僕じゃなくても構わないんじゃ？）

　そんな考えが頭を過って身を固くしたとき、廊下から「失礼します」と声がした。

　襖の向こうから顔を覗かせたのは佐助だ。清の傍らに並んだ反物を見て、「こちらですか？」と笑みをこぼす。

「清様もなかなかお目が高い」

「いや、それを選んだのは俺だ。その中から清に選んでもらおうと……」

　横から正嗣に口を挟まれ、たちまち佐助は顔をしかめた。

「なんだ、結局正嗣様がお決めでしたか。どうりで早いと思ったら」

「直感だ。最後は清に決めてもらう」

「正嗣様は色彩感覚が優れていらっしゃるんですよ。なんでもかんでも直感で済ませて、語彙（ごい）が少なくていらっしゃる。さっきだって廊下の外まで聞こえてきましたよ、清様を選んだ理由。それも直感なんですか？」

「そうだ」と真顔で頷く正嗣を見て、佐助は同情したような顔で清を見た。

「情緒のないことで。それは『一目惚れ』というのでは？」

　四角四面な正嗣には似ても似つかない甘い言葉に清は目を丸くしたが、当の正嗣は照れるでもなく、ぽんと自身の膝を打った。

「そうだな。直感というより、一目惚れだ。そういう言い方もある」

　我が意を得たとばかり頷いて、正嗣は清へと視線を向ける。

「あれは一目惚れだった。だからお前を伴侶にしたんだ」

まっすぐな声と言葉は、ときに鉛の球をぶつけられる以上の威力がある。清はみぞおちの辺りでそれを受け止めたように息を詰まらせ、次いで顔中を赤くした。

二人の様子を眺め、佐助は「ごちそうさまでございます」とうんざりした顔で呟いた。

「込み入ったお話はお屋敷でどうぞ。それよりも、反物はそちらでよろしいですね？　お仕立てが終わり次第お届けします。今日のところは、清様にはこんなお召し物などいかがでしょう？　ちょうど店先に並べておいたお品物がございまして」

そう言うと、佐助は商人の顔に戻ってにっこりと笑った。


呉服屋を出る頃には、すでに太陽が西に傾きかけていた。

夕餉には少し早いので正嗣と通りをぶらつくことになったはいいが、慣れない服が落ち着かない。無意識に首元を触っていると、「苦しいか？」と正嗣から声をかけられた。

「苦しい、わけではないのですが、なんとなく首回りが気になってしまって……」

答える間も指先を襟元に差し入れてしまう。

佐助が持ってきてくれたのは、紺の着物と灰色の袴、それから立ち襟のワイシャツだ。

佐助いわく「書生風の服でございます」とのことである。

着物と袴はともかくワイシャツが清には慣れない。首回りを一周する立ち襟と、喉元を締めつけるボタンが息苦しい。正嗣は毎日こんなものを着ているのか。そっと隣を窺い見るが、軍服を着た正嗣は涼しい顔で、喉元に違和感など覚えてもいないようだ。

視線に気づいたのか、正嗣が指を伸ばして清の首筋に触れてくる。襟に少し余裕があるのを確認すると、唇の端を持ち上げて「慣れの問題だな」と言った。

はい、と答えたつもりが、唇からは白い息しか漏れなかった。

夫婦というのはこんなにも気安く顔を近づけたり、体に触れたりするのだろうか。正嗣は平然とそういうことをやってのける。

（ドキドキしているのは僕ばっかりなのかなぁ……）

溜息をついたところで、正嗣が軍帽のつばを押し上げた。

「雨だ」

顔を上げると、目を凝らす間もなく鼻先に冷たいものが触れた。雨は見る間に勢いを増し、買ったばかりの着物も濡らしてしまう。慌てて雨のしのげる場所を探していたら、正嗣に肩を抱き寄せられた。

「寺の軒先を借りよう」

清の肩を抱いたまま、正嗣がすぐそばの寺に足を向けた。小走りで人気のない境内を横切り、揃って寺務所の軒先に飛び込む。

寺の瓦屋根を雨が叩き、軒から勢いよく水が滴り落ちる。寺務所には誰もおらず、耳を澄ませても雨の音しか聞こえない。

「あちらの空が明るいからすぐにやむだろう」

西の空を見上げて正嗣が言う。片手は清の肩を抱き寄せたままだ。周囲には清たちの他に誰もいないとはいえ、外でこんなに体を寄せ合っていいのだろうか。

嬉しい反面、照れくさい心持ちで俯いていたら、正嗣にさらに肩を抱き寄せられた。

「寒いのか？　震えているようだが」

顔が赤いのも震えているのも、外で正嗣が肩なんて抱いてくるからだ。

むしろどうして正嗣はこんなに平然としていられるのだろう。やはり意識しているのは自分だけなのか。

悄然と肩を落とすと、急に正嗣が外套のボタンを外し始めた。すべて外すと、きょとんとする清の腕を掴んで軽く引く。

さほど力を入れたようにも見えなかったが、軍人の腕力は侮れない。踵が浮いたと思ったら、ほとんど体当たりする勢いで正嗣の胸に倒れ込んでいた。

正嗣は清を胸に抱き込むと、外套の前をかき合わせた。

服の中に清の体がすっぽりと包み込まれる。温かい、と思ったのは一瞬で、互いの胸をぴたりと寄せ合う密着感に、燃え上がるほど体が熱くなった。

「ま、ま……っ、正嗣様？　あの……っ」

「寒いんだろう。しばらくこうしていろ」

「でも、ひ、人が……！」

「心配しなくても誰も来ない」

外套からはみ出した清の頭を、正嗣の大きな掌が撫でる。

「大丈夫だ、すぐにやむ」

繰り返し頭を撫でられ、恐る恐る正嗣の広い胸に手をついた。

外套の下から、うっすらと甘い匂いがする。嗅ぎ慣れた白粉(おしろい)の匂いではない。正嗣が毎朝髪を整えるときに使う練香油の匂いだ。それから薄く汗の匂い。ともに暮らしてきた遊女とは違う、男性の肌の匂いだ。

匂いと記憶は密接に結びついている。

遊女と客がむつみ合う座敷の匂いなど思い出してしまい、自分でもどんな顔をしているのかわからず俯いた。じわじわと耳が熱くなる。

清が不埒なことを考えているとも知らず、正嗣はなおもその頭を撫でている。雨に打たれた子犬でも胸で温めるような調子で、動揺している様子は見受けられない。

（正嗣様は僕のことを伴侶や妻と言ってくださるけど、どこまで本気なんだろう……）

妓楼で覗き見た閨(ねや)のことなど思い出したせいか、急に不安になった。

正嗣の家にやってきてからもう五日。だというのに、夫婦なら当然あるはずの夜の営み

が二人の間には一度もない。布団はいつも二組敷かれ、ごく当たり前にそれぞれの床に入り、おやすみなさいと声をかけあって眠りに落ちる。

妓楼の座敷でしたように素肌に触れることも、唇を重ねることすらしていないのだから、夫婦というよりは兄弟のようだ。

正嗣は本当に、自分を伴侶として扱う気があるのだろうか。

妓楼では男女のまぐわいしか見たことがないが、男性同士だってできるはずだ。実際、楼主は清に客を取らせようとしていたのだから。

（せめて、お座敷でしたようなことだけでも……）

したい、と思ってしまって顔を赤らめる。

こんなはしたないことを考えているのも清だけか。だとしたら恥ずかしい。自分ばかり悶々（もんもん）としているのがばれたら幻滅されてしまう。そう思うと、こちらから正嗣の本心を聞き出そうにも尻込みする。

（本当は、正嗣様は僕のことなんて好きでもなんでもなくて、単に僕を憐（あわ）れんで引き取ってくれただけなのかもしれない。周りに内縁の妻なんて言ってくれるのも、僕をあの家に置いておくための口実なんじゃ……？）

もし本当にそうだったらと想像すると、胸元に冷たい雨水がしみ込んでくるような心地になる。正嗣の外套の下で隙間もないほど互いの胸を寄せ合っているのだから、雨などしみ込む余地もないはずなのに。

こんなに寄り添っているのに寂しくて、清は正嗣の胸に頬を押しつける。

目を閉じると、軍服の硬い生地越しに正嗣の体温が伝わってきた。それから心臓の音も。

少しずつ雨が小降りになってきて、代わりに正嗣の心音がはっきりと耳を打つ。その音に耳を傾け、ふと清は瞼を上げた。

なんだかやけに、正嗣の拍動が速い。

まるで大通りを全力で往復した後のようだ。何事かと顔を上げると、正嗣がいつもの無表情で空を見ていた。雨がやむのを静かに待っているようにしか見えない。それなのに、落ち着いた面持ちからは想像もできないほど心臓は激しく脈打っている。

さらによく見ると、軍帽から見え隠れする正嗣の耳が赤くなっていた。

寒さのせいだろうか。赤い耳が痛ましく、清はそろりと手を伸ばして正嗣の耳に触れる。

真っ赤な耳はひどく冷たい——かと思いきや、正嗣の耳は熱かった。

正嗣が驚いたような顔でこちらを見たので、慌てて手を引っ込めた。

「あ、あの、すみませ……」

謝罪の言葉が終わらぬうちに、後頭部に手を添えられて正嗣の胸に顔を押しつけられた。

「……じっとしていろ」

顔を埋めた正嗣の胸からは、相変わらず激しい鼓動が伝わってくる。

正嗣の外套の下で、清の心臓も痛いくらいに脈を打つ。顔も真っ赤になっているだろうし、耳だって熱くなっている。先ほど触れた正嗣の耳と同じように。

（……一緒だ）

清は勇気を振り絞り、ほんの少し足を踏み出して自ら正嗣に身を寄せた。応えるように、清の背中を抱く正嗣の腕に力がこもる。

清を胸に抱き込んだきり、正嗣は何も言わない。でも、信じていいのだろうか。正嗣も自分と夫婦になることを本心から望んでくれているのだと。

（そうだったらいいな……）

気がつけばもうすっかり雨の音は聞こえなくなっていたが、正嗣が身を離さないのをいいことに、清もいつまでも正嗣の外套の下から出ようとしなかった。

「では、行ってくる」

月曜の朝、軍服に着替えた正嗣を渡り廊下まで見送り「行ってらっしゃいませ」と清は頭を下げる。本当は玄関先まで見送りたいが、正嗣がここでいいと言うので渡り廊下は渡らないようにしている。母屋に行けば使用人たちの視線も気になった。

いつもはすぐに廊下を歩いていってしまう正嗣だが、今日は軍服の胸ポケットから小さな紙袋を取り出した。

「清、手を」

言われて片手を差し出せば、正嗣が紙袋から取り出したものを清の手に載せてくれた。

掌の上にころりと転がったのは、桜色の金平糖だ。清はくすぐったいような心地で肩を竦め、「今朝(けさ)ももらったばかりじゃないですか」と笑う。

「今日もいい日になりそうか？」

「もう十分いい日です」

清が笑顔でそう返すと、正嗣も唇に微かな笑みを浮かべて出かけていった。

正嗣の背中を見送った清は足取りも軽く離れに戻り、茶の間の隅に置かれた茶簞笥(ちゃだんす)の引き出しを開けた。中には急須と湯呑、空っぽの菓子入れが置かれているばかりだ。そのさらに奥から、丁寧に折りたたまれた懐紙を取り出す。

ちゃぶ台の上に懐紙を置いてそっと開く。中から現れたのは、白と水色の金平糖が二粒。どちらも正嗣からもらったものだ。

指先で金平糖をつついて、清は頰を緩ませる。白い金平糖は昨日の夜、水色の方は今朝、起きがけに正嗣からもらった。そして手の中にはもらったばかりの桜色の金平糖がある。

正嗣から金平糖をもらうようになった発端は、昨日の夕暮れまで遡(さかのぼ)る。

寺の軒先で雨宿りをした後、雨上がりに大通りを歩いていたら菓子屋の前を通りかかった。店先には大きな瓶に入った金平糖が飾られていて、何気なくそれを目で追っていたら、「好きなのか?」と正嗣に声をかけられたのだ。

「好きというか、お座敷の隅でたまに見つけることがあったので」

たまにと言っても、年に一回あるかないかの頻度だ。それ以外は花魁が客から贈られているのを遠目に眺めたことしかない。

「そういえば、正嗣様に初めてお会いした日も座敷で水色の金平糖を見つけて、今日はいい日だなって嬉しくなりました」

「金平糖を一粒拾っただけで?」

「一粒だけでも貴重ですから!」

それに、遊郭ではなかなかいいことなど起こらない。怖いことや痛いことの方が圧倒的に多いのだ。だからこそ、小さな幸せを見つけて「今日はいい日だ」と自分に言い聞かせることは清にとって重要なことだった。死活問題と言ってもいい。

「拾った金平糖はどうしたんだ? 食べたのか?」

「いいえ、他のお姐さんに……あげました」

横取りされたとは言わなかった。昔のことを蒸し返しても意味がない。

話を聞いた正嗣は、「そうか」と言うなり店に入って、小さな紙袋に小分けされた金平糖を買い求めた。

こんな高価な菓子をぽんと買ってもらえるとは思わずうろたえていると、正嗣に手を引かれて道の端まで連れてこられた。「手を出してくれ」と言われ、掌を上にして右手を差し出すと「両手を」とつけ足される。

両手で水をすくうような格好をすると、金平糖の入っていた袋を手の上で勢いよくひっくり返された。

ざぁっと流れ落ちてきた金平糖が手の上で跳ねて小さな山になる。色とりどりの星が弾けるようなその光景に声を上げれば、正嗣に真顔で言われた。

「これだけあれば、明日も明後日もいい日だろう」

無闇に動くと手の縁から金平糖がなだれ落ちそうで、清は微かに首を横に振った。

「こ、こんな、たくさん……贅沢をしては、罰が当たります……!」

「罰なんぞ当たってたまるか」と正嗣は平然とした顔で言い返す。

「物心ついたときからあの店で働かされていたんだろう？　これくらいいっぺんに口に含んでも罰は当たらない。長年歯を食いしばって耐えてきた、その報いにしては少ないくらいだ」

掌で受け止めた金平糖が、からりと崩れる。

妓楼にいた頃、あんなにも憧れていた金平糖が手の中にあることも忘れ、清は正嗣の顔に視線を注いだ。

「朝から晩まで働いているのに、店から給金ももらっていなかったんだろう？　お前を身請けするとき番頭が耳打ちしてくれた。理不尽な状況によく耐えたな。これからは、もう少しましな生活が送れるよう俺も尽力するつもりだ」

じっと正嗣の顔を見詰め続けていると、「なんだ」と軽く眉を寄せられた。不機嫌そうにも見えるが、ふいと清から目を逸らしたところを見ると照れくさいのかもしれない。

清はぽかんとした顔にじわじわと笑みを滲ませると、泣き笑いのような顔で呟いた。

「……こんなにたくさん、食べきれません」

口に入れる前からもう胸がいっぱいだ。

正嗣もさすがにすべては口に含み切れないと気づいたのか、金平糖の山を紙袋に戻してくれた。そのまま紙袋を手渡されそうになって、あたふたと両手を背後に隠す。

これまでは一粒見つけるだけで砂金でも発見したかのように大喜びしていた金平糖だ。大量に持たされるのは恐れ多くて、ついこんな言葉が漏れた。

「金平糖なんて高価なもの、一日一粒もらえたらもう、十分です」

無言で目を瞬かせた正嗣を見上げ、清はこう言い添える。

「正嗣様が出かける前に、毎朝一粒いただけませんか？　そうしたら、正嗣様が出かけた後も今日はいい日だなって一日中思っていられるので」

たとえ屋敷の中に話し相手がいなくても、使用人たちから白い目を向けられても、正嗣のくれた金平糖があれば難なく一日を乗り切れる気がした。

正嗣は清の言葉をどこまで理解したのかわからないが、「わかった」と頷いた。

「では、この袋は俺が預かっておこう」

「はい！　よろしくお願いします」

正嗣は重々しく返事をすると紙袋に指を入れ、中から水色の金平糖を取り出した。

「とりあえず、今日の分だ」

そう言って金平糖を差し出してくるので両手で受け取ろうとしたら手を引っ込められた。

「口を開けろ」

予想外の言葉に目を丸くしたものの、清は素直に小さく口を開ける。

正嗣が口元に金平糖を近づけてきて、唇に指先が触れた。口の中にころりと金平糖が転がり込んで、慌てて唇を閉じる。

子供が大事なおもちゃを背中に隠すような仕草がおかしかったのか、正嗣の顔にふっと笑みが浮かんだ。

優しい笑顔に目を奪われ、口の中がいっぺんに甘くなる。今までこっそり口に含んできたどの金平糖より、正嗣が手ずから与えてくれたそれは甘かった。

「明日は何色がいい？」

低い声には抑揚がない。でもこんなにも柔らかく耳を震わせる声を他に知らない。清は目尻を下げ、「なんでも嬉しいに決まってます」と掠れた声で返した。

清があんまり金平糖を喜んだからか、正嗣は昨晩も眠る前に清に金平糖をくれた。それだけでは飽き足らず今朝も起きがけに一つ、駄目押しのように出がけにもう一つ金平糖を渡してくれたのだ。

美しい菓子をすぐに食べてしまうのはもったいなくて、清は正嗣の目を盗んで金平糖を懐紙に包み、茶簞笥の奥に保管した。先ほどもらった三粒目も懐紙に置いて、唇に柔らかな笑みを浮かべる。

若葉のような緑に、白に、桜色。一粒ずつ増えていくそれを見ていると嬉しくなる。金平糖が増えるほど、正嗣とともに過ごした日々も増えていくということだ。

一つ、二つと金平糖を数え、でも、と清は眉を下げる。

(昨日も結局、何もなかったな……)

寺の軒先で正嗣に抱き寄せられ、激しい鼓動を直接耳にしたときは大いにうろたえ、もしかすると今夜こそ何か起こるのではないかと覚悟した。

だが、帰宅しても取り立てて正嗣の態度が変わることはなく、夜もいつも通り布団を二組敷いて、それらしい雰囲気になることもなく別々の床で眠って終わった。

(夫婦って、同じ布団で眠るものじゃないのかな?)

懐紙の上に転がる金平糖はまだ三つ。いつか懐紙から溢れるほど金平糖が溜まったら、自分たちももっと夫婦らしくなれるだろうか。

もう一度深く息を吸い込んだら胃の辺りに鋭い痛みが走って、着物の上からみぞおちを押さえた。今朝はいつにもまして胃が重く、痛みを覚える間隔も短い。

(昨日、たくさん天ぷらを食べたせいかな……?)

昨夜は正嗣と蕎麦屋に寄って、天ぷら蕎麦を食べてきた。妓楼の客が残した冷めた天ぷらなら食べたことがあったが、揚げたての天ぷらを食べるのは初めてだ。さくっとした衣の感触と、衣の中でふかふかに蒸された野菜やエビの美味さに驚いて声を失った。これが本来の天ぷらの味かと感動していたら、正嗣が「これも食え」と自分の天ぷらまでよこしてきて、最後は食べすぎて苦しくなったほどだ。

ただでさえ最近胃の奥がしくしくと痛んでいたのに、無理をしたのだから自業自得だ。

清はそろりと息を吸い込み、金平糖を包んだ懐紙をまた大事に茶簞笥に戻した。

正嗣を見送った後はいつものように離れの掃除をして、こっそり母屋に移動した。

正嗣には下働きのようなことはしなくていいと言われたが、何することなく三度の食事を平らげるだけというのも心苦しい。それに、使用人たちが「厠の神様がいる」なんて言ってくれているのを知れたのは嬉しかった。厠も含め、張り切って掃除をする。

途中、何度か胃の痛みを感じて廊下の隅で動きを止めることもあったが、仕事の手は緩めることなく黙々と風呂場の掃除をしたり、焚きつけに使う柴を集めたりした。

昼餉の時間が近くなると離れに戻り、運ばれてきた料理を何食わぬ顔で食べる。

だが、この辺りでいよいよ体の異変がはっきりした。

「あれ……、い、いた……」

一口味噌汁を飲んだだけで胃袋をねじ切られるような痛みを覚えて顔をしかめた。

特別料理の味が濃いわけでもないし、麦飯も普段通りの水加減なのに、飲み込むと胃にガラスの欠片でも飛び込んできたような痛みが襲いかかってくる。

清は膳の前で足を崩し、みぞおちに強く掌を押しつけた。あまりの痛みに、額に脂汗が滲んだ。しばらくじっとしていると波が去るように痛みも引いたが、再び料理を口に運ぶとまた痛みが押し寄せてくる。

痛みに呑まれたのか空腹感もなく、とても食事ができる状況ではなかったが、ほとんど手つかずのまま膳を返すのも気が引ける。清は休み休み箸を動かして、普段の倍以上の時間をかけてどうにかこうにか昼餉を食べ終えた。

食後はふらつく足で離れの台所へ向かい、井戸から汲み上げた水を盥に張って食器を洗った。作業の間もキリキリと胃が痛んで手元が覚束ない。着物の袖口が濡れ、勝手口から吹き込んでくる冷たい風に全身が冷やされた。

洗い物を終え、小さく震えながらも膳を持って母屋へ向かう。例のごとくこそこそと台所の入り口に膳を返しにいったら、奥からばったり出てきた女性と遭遇した。

いつもなら台所から出てくる人の気配にすぐ気づくのに、今日は胃の痛みに気を取られて反応が遅れた。慌ててその場に膳を置こうとすると、無言で両手を差し出された。膳をよこせということか。

清よりもいくらか年が若い使用人は、まだ少女といっても差し支えない。にこりともせずこちらを見上げる相手に膳を渡し、すぐさま踵を返そうとしたらぽつりと呟かれた。

「食器を洗ってくれたんですか？」

これまで清から声をかけても答えてくれる者などいなかったのに、初めて相手から話しかけられた。少しは打ち解けてくれる気になったのかと、慌てて何度も頷く。

「母屋のお仕事は何もお手伝いができないので、せめてこれくらいはと思いまして……。あの、美味しいご飯を、毎日ありがとうございます」

清は深々と頭を下げる。だが、相手からはなんの反応も返ってこない。

顔を上げると、少女が硬い表情で清を見ていた。

「こういうこと、しなくていいです。私たちの仕事なので」

低い声で言って、少女は形ばかりの会釈をすると台所に戻っていってしまった。

清はその場に立ち尽くして少女の背中を見送る。もしかしたら少しだけお喋りできるのではと期待したが、そう甘い展開にはならないようだ。

（……食器、洗わない方がよかったのかな）

少女の硬い表情を思い出したら、胃袋を縫い針でザクザクと縫いとじられるような痛みが襲ってきた。低く呻いてしまいそうになり、唇を噛んでその場を離れる。

痛みをこらえ、ふらつく足取りで離れに戻る。こんなにも胃が痛むのは初めてだ。白湯のようなものを飲んだ方がいいのでは、と台所に向かった清は、勝手口から何か生臭い臭いが漂ってくるのに気づいて眉を顰めた。

外に出て、井戸端を覗いてみるが誰もいない。だが、生臭い臭いはまだ辺りに立ち込めている。裏木戸を振り返った清はゆらゆらと視線をさまよわせ、木戸の近くに落ちていたものに気づいて息を呑んだ。

地面に小さな血だまりができている。その中に転がっていたのは、黒い大きなドブネズミだ。しかもそのネズミには頭がなかった。鋭い刃物ですっぱりと切り落とされたのか、首から下だけが転がっている。

野良猫の仕業ではない。明らかに人の手によるものだ。

(屋敷の誰かが、死骸をここに……?)

敷地内に落ちているということはそういうことだ。正嗣とその父親は朝から仕事で出かけているはずだから使用人たちの仕業か。あるいはまだ顔を合わせたことのない正嗣の兄という可能性もある。

首のないネズミの死骸を見ていたら吐き気がしてきて、清は裏木戸から顔を背ける。

一度はその場から立ち去ったが、放っておいても死骸は消えない。しばらく休んで心を落ち着かせた後、清は離れの隅に穴を掘ってそこにネズミを埋めた。ネズミを弔うためというより、家の者が清にぶつけた悪意を正嗣に見られたくなかったからだ。使用人たちの反応を見た正嗣に「やはりお前はこの家にふさわしくないのでは」などと思われはしまいか怖かった。

泥で汚れた手を洗い、座敷に戻って部屋の隅でうずくまる。

もはや間断もなく胃が痛い。少し横になれば楽になるだろうか。布団を敷くほどでもないだろうと、体を丸めて畳に横たわる。

先ほど母屋で会った少女の顔を思い出すと、ぎりぎりと激しく腹が痛んだ。

よかれと思って毎回食器を洗って返していたが、使用人たちにとっては迷惑でしかなかったのか。もうやめろ、と警告するつもりでネズミの死骸など転がしておいたのかもしれない。しかもわざわざ首を落として。強い悪意をぶつけるようなやり方で。あれが自分に向けられたものだと思うと体が芯から冷たくなった。

嗚咽が漏れそうになったが、茶簞笥に目を向けてぐっとこらえた。あの中には、正嗣からもらった金平糖がある。指先でつまんだそれを清の掌に載せ、「行ってくる」と静かな声で告げた正嗣の顔を思い出して小さく息を吐いた。

（……大丈夫、今日はいい日だ）

薄暗くなっていく離れの中で、清は力なく瞼を閉じた。

妓楼で清が寝泊まりしていた雑居は一階の奥の部屋で、日当たりも風通しも悪く、夏は暑くて冬は底冷えした。挙句布団は薄っぺらで、毎日肩や背中に痛みを覚えて目覚めたものだ。冬場は特に、だるい体を引きずるようにして布団を出た。

寝返りを打とうとしたら体が鈍く痛んで、ああ、と清は小さく息を吐く。

いつのまにか、妓楼の雑居に戻ってきてしまったようだ。

夢が終わる。わかっていたのに淋しくて、ぎゅっと目をつぶったそのときだった。

「……清……清！　しっかりしろ！」

水の底に沈んでいた体をザバリと引き上げられるように、唐突な浮遊感に襲われた。

うつらうつらしていた意識がはっきりして、ぼんやり目を開けると薄暗い室内に誰かの顔が浮かび上がった。まだ夢を見ているのか。こちらを覗き込んでいるのは正嗣だ。

「……ま、……さ」

声を上げようとしたらキリキリと胃が痛んで顔をしかめた。

「どうした、どこか痛むのか！」

正嗣の声が近い。二度、三度と目を瞬かせ、ようやく床に膝をついた正嗣に抱き起こされていることに気がついた。少し横になるつもりが寝込んでいたらしい。室内はもう真っ暗だ。正嗣も今帰ってきたところらしく、軍服の上に外套を羽織ったままだった。

「清、聞こえるか？　喋れるか？」

鬼気迫る表情で正嗣に尋ねられ、清は微かに顎を動かして頷いた。

「怪我をしたわけではないな？　どこか痛むのか？」

消え入るような声で「お、お腹、が……」と訴える。

「他は？　吐き気はないな？　今布団を敷いてやる。きちんと横になれ」

正嗣は自身の胸に清を凭せかけたまま外套を脱ぐと、それで清の体を包んでそっと畳に横たえた。素早く立ち上がり、隣の部屋に布団を敷いて戻ってくる。

「清、俺の首に手を回せるか？　力は入れなくていい。俺の胸に凭れてくれ」

言われた通り正嗣の首に腕を回すと、正嗣が清を抱いたまま一息でその場に立ち上がった。うわ、と声を出したつもりだったが、実際は掠れた息が漏れただけだ。

正嗣は大股で隣の部屋に向かいながら「熱があるな」と呟く。

布団に入れられるとすぐ、額に正嗣の掌が乗せられた。外から帰ったばかりだからか、ひんやりとして心地がいい。

「いつからこんな……いや、俺が聞いたところでなんの病かもわからんな。待ってろ、医者を呼んでくる」

正嗣が立ち上がろうとするのを察して、清は弱々しく布団から手を伸ばした。

体を動かしてみたら腹部だけでなく全身が痛んだ。それに寒い。一人になるのが心細くてふらふらと宙に手を伸ばすと、すぐに正嗣がその手を摑んでくれた。

「大丈夫だ。すぐに戻るから待っていてくれ」

きつく手を握られ、清は顔を歪める。

正嗣は自分のために医者を呼んでくれると言っているのだ。すぐに戻るとも言っている。頭ではわかっているが、やっぱり心細くて泣きそうだった。

べそをかきそうな顔をする清に気づいたのか、正嗣は「すまん。本当にすぐ戻る」と言って清の髪を撫でてくれた。最後にもう一度清の手を強く握り、立ち上がって足音も荒く部屋を出ていく。

正嗣がいなくなると部屋の温度が急に下がった気がした。布団の上から正嗣の外套までかけてもらっているのに、体の芯が凍りつくほど寒い。

ぐす、と清が鼻を鳴らした、そのときだった。

「——誰か！　今すぐ、離れに来い！」

襖の向こうから響いてきた大音声に、布団の中で清はビクッと身を震わせる。

離れ全体の空気を揺るがすようなその声は、離れと母屋をつなぐ渡り廊下の前で正嗣が張り上げたものだ。

清は身を苛む痛みも忘れて目を見開く。生身の人間からあれほどの大声が出るのかと驚いた。普段の正嗣はあまり声が大きい方ではないのに。軍人が腹の底から声を出すと、これほど人間離れした咆哮になるものか。

「――誰でもいい！　早くしろ！」

茶の間と寝室を仕切る襖がびりびりと震えるほどの声には、強い焦燥が滲んでいる。

すぐに渡り廊下をバタバタと駆けてくる足音が近づいてきた。何事です、と尋ねる使用人の声に、まったく余裕のない正嗣の声が覆いかぶさる。

「清が倒れた、すぐに医者を呼んでくれ！　俺はここに残る、清が心配だ。何か冷やすものを、温めるものも……なんでもいい、病人に必要な物を持ってきてくれ……！」

正嗣の声を聞きつけたのだろう。忙しない足音がいくつも離れに近づいてくる。

思ったより大事になってしまったとうろたえていたら、正嗣が寝室に戻ってきた。枕元に膝をつき「大丈夫か」とこちらの顔を覗き込む。

「医者を呼んだ、もうしばらく耐えてくれ。何か必要な物はないか？」

正嗣の掌が頬に触れる。冷たい掌はやっぱり心地がよくて、清はその手に自分の手を重ねて頬をすり寄せた。

こうしていると痛みが引いていく気がする。安心して目を閉じたところで、隣の部屋から男性の使用人が控えめに声をかけてきた。

「正嗣様、先に着替えてはいかがですか？　お風呂の準備もできておりますし」

その言葉で、清ははたと我に返る。正嗣も帰ってきたばかりなのだから、引き止めたりしては迷惑だ。正嗣から手を離そうとしたら、逆にその手を掴まれた。

「いらん。清を放っておけるか」

背後を振り返りもせず正嗣は言う。後はもう使用人の存在など忘れたような表情で清に顔を近づけ、呻くように呟いた。

「清、すまん。お前の不調にまるで気づかなかった」

清は無言で首を横に振る。正嗣が謝ることではない。それなのに、正嗣は清の手を両手で包み、それを自身の額に押しつけ「すまん」と繰り返すので困ってしまう。

結局医者が到着するまで、正嗣は清の手を握って離さなかったし、医者が診察をする間も、帰ってからも、清の傍らから離れようとしなかった。

医者の見立てでは「胃腸の風邪」とのことだ。薬を飲んでゆっくり寝ていれば治るという。大した病でもないらしく、大げさに苦しんでしまったようで気恥ずかしかったが、正嗣は深刻な表情を崩そうとしなかった。

「正嗣様、ここは私たちが見ていますので、正嗣様は母屋でお休みになられては……」

医者が帰った後、使用人から再三声をかけられても、清の枕元に座り込んだ正嗣は首を縦に振ろうとしなかった。

「清のことは俺が看る。お前たちは母屋に戻っていい」

「ですが、正嗣様は明日もお仕事が……」

「構わん」と短く答え、正嗣は清の前髪を指先でかき上げる。

「医者からは、心労がたたったせいもあるのでは、と言われた。急に環境が変わって気疲れさせてしまったんだろう。俺の我儘につき合わせてしまった結果だ。せめてこれくらいさせてくれ」

正嗣の言葉に耳を傾けていた清は小さく口を開く。声を発する前から正嗣が口元に耳を寄せてきて、その俊敏さにふっと笑みをこぼした。

「……我儘なんて、思ってません」

あまり大きな声を出すと腹に響いて痛みがぶり返してしまうので、ひそひそと囁くような声で、「むしろ僕は、正嗣様に感謝してます」とつけ足した。

正嗣は身を屈めたまま清の顔を覗き込み、暗がりでもわかるほどはっきりと苦しげな表情を浮かべた。

「お前に無理をさせていたのではないか……？」

布団の上に投げ出していた手を取られ、清も弱い力でその手を握り返した。

「この家に来てから、毎朝正嗣様の顔が見られます。それだけで、毎日がいい日です。幸せです」

妓楼にいた頃のように、今日一日をしのぐための小さな幸せを必死に探すまでもない。

起きがけの正嗣の「おはよう」という掠れた声や、清の寝癖を撫でつける大きな掌に、いい日だな、と何度も思う。朝の短い時間に、何度も何度も、繰り返し。

正嗣は両手で清の手を包むと、俯いて押し殺した溜息をついた。

「……何か、金平糖の他にも欲しいものはないのか。用意する」

問われたもののとっさには何も思いつかず、清は眉を下げて笑った。

「正嗣様が渡してくれるものなら、なんでも嬉しいので……」

高価な菓子である必要もないのだ。道端に咲いている野の花を一輪摘んできてくれただけだって、きっととんでもなく嬉しい。

小さく息を吐いたら、みぞおちに棒をねじ込まれるような痛みが走った。仰向けになっていた清は、低く呻いて正嗣の方へ体を向ける。すぐに正嗣の手が背中に回って、痛みに丸まる清の背を布団の上からさすってくれた。

「痛むのか。こうしていれば少しは楽か？」

返事をする前に、正嗣の背後から遠慮がちな声が上がった。

「正嗣様、そのような看病も私どもがいたしますので……」

正嗣は清の背中に手を添えたまま振り返ると、使用人に向かって低い声で言った。

「明日は朝からどうしても軍営に行かねばならん。日中の看病はお前たちに任せる。だから今だけは、俺に清の世話をさせてくれ」

襖の前に膝をついた使用人が軽く息を呑む気配がした。正嗣はどんな顔をしているのだろう。闇に沈んだその横顔はよく見えず、清は重たい瞼を閉ざす。

正嗣の手が優しく背中をさすってくれる心地よさに息をつき、清は緩やかに意識を手放した。

その晩、正嗣は夜通し清を看病してくれた。

熱と痛みで真夜中にふと目を覚ますと、必ず正嗣が枕元にいて「どうした」と声をかけてくれた。朦朧（もうろう）としながら清が「眠ってください」と訴えると、わかった、と頷きはするものの、目覚めるたびにやはり正嗣は枕元にいて、清の額に滲んだ汗を拭い、背中をさすってくれた。

こんなにも甲斐甲斐（かいがい）しく看病をされたのは初めてだ。嬉しいよりも申し訳ない。でも痛みに目を覚ましたとき、正嗣の姿を見つけるとひどくほっとしてしまう。

夜が明けてもなお、正嗣は清の枕元にいた。

一応は夜のうちに軍服から寝間着に着替えたようだが、隣に正嗣の布団は敷かれておらず、眠っていないのは一目瞭然だ。朝餉の膳を持ってきた使用人たちも、清の枕元から一歩も動いていない正嗣を見て「まさか一睡もされてないんですか⁉」と目を剝いていた。

朝になっても清の熱は下がらず、胃痛も相変わらずで何か食べる気にもなれなかったが、使用人たちは清のために玉子粥を用意してくれた。

これまで自分を見向きもしなかった使用人たちがせっかく用意してくれたのだからと無理やり身を起こそうとしたら、正嗣が布団の横まで膳を持ってきて清を抱き起こしてくれた。

「食欲がないなら無理に食べる必要はない。水分だけしっかりとっておけ。粥の上澄みなら食べられるか？　昼は三分粥を用意するよう台所に伝えておく」

匙で粥の上澄みをすくった正嗣が、それを清の口元に近づけてくる。反射的にぼんやりと口を開けてしまってから、隣の部屋で正嗣の膳を用意していた使用人がこちらを見ているのに気づいて我に返った。年かさの男性使用人は、信じられないものを見たと言いたげな顔をしていて、正嗣の腕に抱きかかえられていた清は顔を赤らめる。

「ま、正嗣様、自分で食べられます……！」

「いや、お前に匙を持たせると、腹が痛かろうと熱があろうと器が空になるまで手を動かし続けるだろう」

「それは、の、残すと、もったいないので……」

「残りは全部俺が食べてやる。無駄にはしないから安心しろ」

「正嗣様に僕の食べ残しなんて……」

反論したものの無言で見詰められると拒みきれず、清は小さく口を開ける。雛鳥に餌を与えるように清の口元に匙を運ぶ正嗣を、隣の部屋から使用人がまじまじと見ているのはわかっていたが、抗うだけの体力もなかった。

清に粥を食べさせた正嗣は、残った粥と自分の朝餉をかき込むようにして平らげると、軍服に着替えて再び清の枕元に戻ってきた。もう出かけるのだろう。見送りのため布団から出ようとする清を「休んでいろ」と怖い顔で押し止め、清の額に手を当てる。

「まだ熱があるな……。辛いときはすぐ家の者に声をかけろ。今日は終日、隣の部屋に誰か控えさせておく」

「そこまでしていただかなくても……」

「当然のことだ。本当なら、俺が残りたいところだが」

冗談とも思えない口調だ。清は不調を押し隠し、無理やり口角を上げて笑みを作る。

「行ってください。僕なら大丈夫ですから」

正嗣は清の顔を見詰め、胸ポケットから小さな紙袋を取り出した。その中から水色の金平糖を一つ取り出し、清の口元に近づける。

「食欲がないなら、こういうものを口に含んでおいてくれ」

そう言って、清の乾いた唇の隙間にそっと金平糖を押し込んだ。

清は口の中で金平糖を転がして、作りものではない笑みを唇に浮かべた。

「ありがとうございます。おかげで今日も、凄くいい日です……」

熱で目を潤ませながらも笑う清を見て、正嗣がぐっと唇を噛みしめた。

「なるべくすぐ帰る」

最後に清の手を強く握りしめ、後ろ髪を引かれるような顔で正嗣は離れを出ていった。

淋しくはあったが、昨日の晩のように心細くて泣き出しそうになることはなかった。だいぶ回復している証拠だろう。とはいえまだまだ熱は高いままだ。起き上がるだけの気力はなく、さりとて熟睡するだけの体力もない。

正嗣が言った通り、隣の部屋には常に使用人が控えていた。さすがに病人は邪険にできないのか、清が痛みに低く呻くとすぐさま枕元までやってきてくれる。

年配の女性は汗の滲んだ清の額に濡れた布を置き「痛むかい？」と声をかけてくれた。

正嗣を見送るときは泣かずに済んだのに、どうしてかそのときは目の縁から涙が落ちて相手をうろたえさせてしまった。

「……すみません、声をかけてもらえたのが、嬉しくて」

どこの馬の骨とも知れない自分が声をかけても使用人たちが返事をしてくれないのは当然だ。ずっとそう自分に言い聞かせていたが、やはり毎回律儀に傷ついていたのだなと今頃になって自覚した。

心身ともに弱っているせいか心の脆い部分を隠しきれず、清は静かに泣いてまた眠りに落ちた。

次に目を覚ますと、今度は男性の使用人が隣の間にいた。清が目覚めたのに気づくと、少し迷うような顔をして自ら枕元へやってくる。

「……具合はどうだい。水でも飲むか？」

本当に今日はずっと離れに使用人が控えているようだ。「大丈夫です」と返したものの、胃を内側から刺し貫かれるような痛みに襲われ声を詰まらせた。

「お、おい、本当に大丈夫なのか？」

「……だ、大丈夫です。大丈夫ですから、もう、仕事に戻ってください」

痛みで意識を朦朧とさせながらも、清は必死に言葉を紡ぐ。

大丈夫です、僕なんかのために時間をとらせてごめんなさい、大丈夫。うわごとのように繰り返しているうちにまた眠りに落ちて、後はもう、意識が浮かんでは沈むの繰り返しだった。

目覚めるたびに、隣の部屋に控える使用人たちの顔が変わる。忙しい合間を縫って様子を見に来てくれているのだと思うと申し訳なかった。大丈夫です、もう戻って、と夢うつつに口にしたが、きちんと相手に届いただろうか。

清が口を開くたび、全員が心配そうな顔でこちらを見て「いいから休みな」「無視して悪かったよ」「早くよくなって」と声をかけてくれる。

優しい声にぼんやりと耳を傾け、これは夢だな、と思った。

ずっとこんなふうにこの家の人たちと話をしてみたかった、そんな自分の願望が見せた夢だ。

その日は一日中眠り込んで、夜になる頃ようやく少し熱が下がった。

正嗣はいつもより断然早い時刻に息を切らして帰ってきた。着替えもそこそこに清の枕元に侍る(はべ)と、清に薬を飲ませたり汗で濡れた服を着替えさせたりと甲斐甲斐しいことこの上ない。使用人たちが手伝うと言っても耳を貸さず、「俺に任せろ」と言って母屋に帰してしまった。

昨日と比べればだいぶ清の様子も落ち着いたので、今日は正嗣も隣に布団を敷いて床に入ってくれたが、清が寝返りを打てば素早くこちらを振り返る。布団に入っているだけで眠ってはいないようだ。

大丈夫ですよ、と声をかけたところで正嗣の眠りが深くなることはなく、これは一刻も早く回復しなければと気を引き締めた。このままでは正嗣の方が倒れてしまう。

翌日は微熱程度まで熱も引き、胃の痛みもだいぶ和らいだ。布団の上で起き上がることもできる。それでも大事をとって食事は粥を用意されたが、もう重湯のようなそれではない。夕餉には箸で崩れるほど柔らかく炊いた煮物も出た。

夜は風呂に入り、布団から出て正嗣の帰りを出迎えることすらできたが、正嗣は「無理をするな」と深刻な表情で言って清を布団に押し込んでしまった。

三日目ともなればほとんど体調は回復して、ときどき思い出したように胃が痛む程度だ。それでも正嗣は「ここで無理をすると長引く」と言い張って、布団から出ようとした清を押し戻そうとする。せめて朝餉だけでも正嗣と一緒に食べたいと訴えなんとか床を出た清は、三日ぶりに正嗣と向き合って朝餉を食べながら切り出した。

「もうすっかり体調もよくなりましたし、正嗣様がいない間、隣の部屋に使用人の皆さんを控えさせるのはおしまいにしてもらってもいいですか？」

正嗣は箸を動かす手を止め、窺うような目で清を見る。

「……隣に人がいると落ち着かないか？」

清は口元に笑みを浮かべて首を横に振る。

使用人たちは病気の清に優しい。看病してもらうばかりで恐縮する清を「そんなことばかり気にしてたらまた腹が痛くなるよ」と笑い飛ばしてくる者もいたし、「礼ならすっかり体を治した後、仕事でも手伝ってくれりゃいい」と言ってくれた者もいた。ぜひ、と目を輝かせれば「なんで仕事を振られて喜ぶんだよ」と苦笑いされた。

「僕のために皆さんの仕事が滞るのが申し訳ないんです」

「お前を看病するのも仕事の内だ、気にするな」

「……そう言われても、気になります」

正嗣は納得しかねるように喉の奥で唸ったものの、最後は「わかった」と渋々了承してくれた。

「その代わり、隣に誰も控えていなくても無理に布団から出たりするなよ。間違っても仕事はするな。それだけ約束してくれ」

軍服に着替えた正嗣はしつこいくらいに念押しして、いつものように清の掌に金平糖を握らせる。最後に溜息をつき、何度も何度も振り返りながら渡り廊下を歩いていった。

寝間着のままとはいえ久々に渡り廊下まで正嗣を見送った清は、手の中の金平糖を眺めて口元を緩ませる。もらったそれは茶簞笥の中にしまい、正嗣の言いつけを守るべく布団に戻った。

胃痛も熱も落ち着いたが、体はまだ本調子ではないらしい。布団に潜り込むとすぐにとろとろとした眠気に襲われた。

清が寝込んでいる間に暦は師走になった。冬の寒い朝、こんなふうにぬくぬくと布団に丸まっていられるなんて、なんという贅沢だろう。

（正嗣様に、何かお礼がしたいな。使用人のみんなにも……）

この数日、みんなして清の看病をしてくれた。使用人たちは正嗣に命じられた仕事をこなしていただけかもしれないが、それでも感謝の気持ちを伝えたい。

また勝手に掃除などしたら迷惑がられるだろうか。厠の掃除だったら見逃してもらえるかな。夢うつつにそんなことを考えていたら、濡れ縁からギッと床の軋む音がした。

誰かが様子を見にきてくれたのだろうか。もう隣の間に控えていてもらわなくても大丈夫だと正嗣には告げたのだが。ウトウトしながら考えていたら、低い囁き声が耳を掠めた。

「……本当にここにいるのか？」

「番頭の話では、ここで暮らしているそうだ」

茶の間と寝室を仕切る襖が開く気配がして、微睡んでいた清は目を見開いた。

何かいつもと様子が違う。異変に気づいて顔を上げれば、襖の隙間から中年の男性が二人、無遠慮にこちらを覗き込んでいた。

正嗣の父親と同年代と思しき男性たちだ。一人は痩せて背が高く、もう一人は背こそ低いがずんぐりと太って貫禄がある。揃って立派な着物と羽織を着ているので、使用人ではなさそうだ。

うろたえながらも起き上がった清を見て、二人は顔を見合わせた。

「正嗣に内縁の妻ができたというから来てみれば……男じゃないか」

「番頭もそんなことを言っていたが、悪い冗談じゃなかったのか？」

「冗談に決まっている、どうせ使用人か何かだ。——おい、お前」

背の高い男が襖を大きく開けて室内に踏み込んでくる。男は清を見下ろして、不愉快そうな顔で言い放った。

「使用人がなぜこんなところで寝ている？　ここはこの家の人間しか使わない場所だぞ」

正嗣を呼び捨てにしたところを見ると、羽田家に縁のある者だろうか。清は慌てて布団を出て、畳の上に両手をついた。

「僕は正嗣様にお声がけいただいて、先日からこの離れに住んでいる者です」

「正嗣に声をかけられた？　使用人になれと？」

もう一人の男も、突き出た腹を揺するようにして部屋に入ってきた。

清は畳に視線を落としたまま、いえ、と小さな声で答える。

「使用人、ではなく……」

「使用人でないならなんだというんだ？」

高圧的に問い詰められ、清は訳もわからぬまま、消え入るような声で答えた。

「つ、妻に、と……」

「正嗣が？」と言葉尻を奪うように尋ねられ、微かに頷く。ちらりと目を上げると、二人が顔を歪めてこちらを見ていた。

「……冗談じゃないぞ。まさか正嗣の奴、本気か？」

「どう見たって男だろう。気でも違ったか」

吐き捨てるように言って、背の高い男が清の前にしゃがみ込んだ。

「正嗣が、お前を妻にと言ってこの屋敷に迎えたのか？　お前から無理やりこの家に乗り込んできたわけではなく？」

「ち、違います、正嗣様が僕を引き取ってくださって」

「引き取る？　お前、どこから来た？　呉服屋の下っ端か？」

鋭く睨まれ喉が震えた。目の前の男からは、妓楼にいた男たちと同じ雰囲気を感じる。威圧的で容赦がない。嘘をつけばすぐ見破られ、嫌というほど追及される。そんな気がした。

清はごくりと唾を飲むと、正直に「遊郭です」と答えた。

しゃがみ込んでいた男は傍らの男を見上げ、なるほど、と言いたげに一つ頷いた。

「金を積んで、遊郭から適当な下働きを引き受けてきたというところだな」

「どうせなら遊女でも連れてきたらよかっただろうに」

「遊女ならなんの問題もなかった。とっとと所帯を持たせて店を継がせればいい」

男は立ち上がると、清を見下ろして言った。

「男を内縁の妻にしようなんて、正嗣は頭がおかしくなったらしい――。そう周りに思わせるのが目的だろう。こんな小僧を妻に迎えようなんて、どうせ本気じゃない」

男の言葉には確信めいた響きがあった。隣の男も「それもそうか」と納得した様子だ。

畳に座り込んだ清は、濡れた障子紙が喉の内側に張りついたように息ができなくなって、言葉もなく二人を見上げる。

どうせ本気じゃない、と、さも当たり前のように男は言った。

だが正嗣はこの数日、本当に甲斐甲斐しく清の看病をしてくれた。周りの使用人たちが目を瞠るほどに。そう思うのに言い返せない。それどころか指先から熱が引いて、かたかたと小さく震えだしてしまう。

もしかしたらそうなのではないか、と心の片隅で思いつつも、なるべく目を向けないようにしてきた疑念に突然光を当てられて、心臓が狂ったように暴れ出す。

蒼白になって畳に目を落としていると、再び男が身を屈めて清の腕を摑んできた。

「なんにせよ、こんな奴がいると後々面倒だ。正嗣が戻る前に追い出しておこう」

乱暴に腕を摑まれ、力任せに引っ張られる。なんの身構えもしていなかった清は前につんのめり、顔面から畳に倒れ込みそうになった。

「他の使用人たちに止められるんじゃないか？　玄関先でもさんざん渋られただろう」

「知ったことか。裏木戸から外に出して、遊郭に追い返せば事は済む。お前は車夫を裏口まで呼んでこい」

ぎくりとして背筋が強張った。無理やり立ち上がらされた清は真っ青になってその場に踏みとどまろうとするが、ここ数日寝ついていたせいか膝に力が入らない。踏みとどまるどころか、よろけて畳に膝から倒れ込んでしまう。

「何してんだ、とっとと歩け！」

男が苛立ったように舌打ちして、清の背中を踏みつけてきた。

あまりにも慣れ親しんできた痛みに、抗う意思が一瞬で萎えそうになった。再び男が足を上げ、清が腕で頭を庇ったそのとき、先に部屋を出た小太りの男が部屋に駆け戻ってきた。

「お、おい、まずいぞ……！」

清を蹴ろうとしていた男が足を引く。頭を庇っていた腕をおっかなびっくり下ろした清は、男たちが自分ではなく濡れ縁を見ていることに気づいた。

茶の間と濡れ縁を隔てる障子戸の向こうに、誰かいる。ほの暗い人影がゆっくりと動いて、その向こうから現れたのは、落ち着いた紺の着物を身にまとった細面の男性だった。

色白で、背が高い。切れ長の目と薄い唇は形がよく、作り物めいた美しさがあった。

男性は表情もなく室内を見回すと、清の手を掴む男性に視線を止める。相手もそれに気づいたのか、慌てたようにぱっと清から手を離した。

「……彼に何かご用ですか？」

濡れ縁に立った男性が、見た目を裏切らない涼やかな声で言う。

清の手を乱暴に摑んでいた男は口の中で舌打ちして、すぐに取り繕うような笑みを浮かべた。

「見慣れない輩がいたんでね。こっちの質問にもろくに返事をしないから、離れに盗みに入ったコソ泥かと」

清は畳に座り込んだまま目を丸くする。質問にはきちんと答えたはずだと反論したかったが、黙っていろ、というように男に睨まれ、ぐっと唇を引き結んだ。

濡れ縁に立つ男性は清を見遣った後、その傍らに立つ男性二人に視線を戻した。

「彼は正嗣が連れてきた相手です。正嗣がいない間に勝手をしては、後で何をされるかわかりませんよ」

「こんな小僧をどうにかしたところで、大した話じゃ……」

「さあ、どうでしょうね。大したことかどうかは僕らが決めることではないので。それに弟は入隊してからというもの、とみに荒っぽくなってしまいましたし」

何をしでかすかわかりませんよ、と微笑んだ男性を見て、ようやく清は相手の素性に思い至る。この人は、正嗣の兄の直久だ。

直久は濡れ縁から背後の母屋を振り返り、おっとりと笑った。

「今日だって、玄関先でいつになく使用人たちに止められませんでしたか？　貴方たちが離れに向かったと、使用人たちは泡を食って僕の部屋まで報告にきましたよ。『こんなことが知れたら正嗣様からどんなお咎めを受けるか……！』と真っ青になって」

「大げさな……」

「確かめてみますか？　我を失った正嗣が、軍刀と銃を握りしめてご自宅までお伺いしな

いといいのですが」

まるで悪戯坊主に手を焼く親のような顔で直久は苦笑するが、男たちはぎくりとした顔だ。互いに目配せすると、「日を改める」と言い残して離れを出ていってしまった。

床にへたり込んだままぽかんとした顔で男たちの後ろ姿を見送っていたら、直久が足音も立てず清の傍らにやってきて畳に膝をついた。

「大丈夫？　あの人たちにひどいことをされなかった？」

「え、あ……っ、だ、大丈夫です！」

我に返って返事をしたが、声は震えて裏返り、平常心を保てていないのは明らかだ。

離れに突然見知らぬ男たちが押しかけてきたことも、遊郭に追い返すと言われたことも衝撃で、気がつけば小さく肩まで震えていた。

直久は清を落ち着かせるように、ことさら柔らかな声で告げる。

「まずは自己紹介しようか。僕は正嗣の兄の直久です。君が来る少し前に体調を崩して、ずっと母屋の二階で養生してたんだ。回復したと思ったら今度は君が寝ついてしまって、挨拶がずいぶん遅れてしまって申し訳ないね」

ゆっくりとした口調で喋る直久は、声も表情も柔和そのものだ。目が合うとにっこりと微笑まれた。同じ兄弟でも、正嗣とは表情の作り方もまるで違う。

「顔色が悪いよ、少し横になった方がいい。看病なら任せて。僕自身よく寝込むから慣れてるんだ」

「え、い、いえ……そんな、直久様に、看病なんて……」

恐縮しきりの清を見て、直久は「そう言わないで」と明るい笑みをこぼした。

「今朝、正嗣が珍しく僕の部屋に来たんだ。今日から離れで君が一人になってしまうから心配だ、暇があったら顔を見にいってほしいって。うら生りの瓢箪みたいな僕が弟に頼られることなんて滅多にないからね。張りきって様子を見にきたんだけど……」

災難だったね、と、直久は心底同情した顔で言う。

「さっきのはうちの親戚。弟派の人たちだね。もともとちょっと乱暴なところはあったけど、まさか正嗣がいない隙にこんなところまで乗り込んでくるなんて。正嗣、怒るだろうなぁ」

直久は呆れたような顔で肩を竦める。

弟派とはなんだろう。直久の気安い表情を見ていたら他にもあれこれ疑問をぶつけたくなって、清は口元をむずむずさせた。

もの問いたげな清の様子に気づいたのか、直久が「もしかして」と小首を傾げる。

「眠っているのにも飽きてきた頃かな？　僕でよければ、ちょっとだけお喋りする？」

直久の提案に、清は一も二もなく頷いた。

いったん離れを出た直久は、せんべいが山盛りにされた菓子入れを手に戻ってきた。

午前中ずっと眠っていたおかげですっかり体調もよくなっていた清は、自ら茶の用意をして直久に勧める。湯呑を受け取った直久は「よその人とお喋りするのも久しぶりだな」なんて弾んだ調子で言って、すっかり清と話をするのを楽しんでいるようだ。

「いきなりあんな人たちが押しかけてきて驚いただろうけど、数年前からうちはちょっとごたごたしていてね。僕たち兄弟のあずかり知らぬところで、後継者争いが起こっているようなんだ」

清にせんべいを勧めながら、直久はのんびりとした口調で言う。

「うちは呉服屋を営んでいて、僕が店を継ぐか、正嗣が継ぐか、親族たちは固唾を飲んで見守ってる。僕にその気はないんだけどね。この通り病弱で寝込んでばかりいるから」

「だったら、正嗣様が……?」

直久は座卓に肘をつくと、「そうなってくれたらよかったんだけど」と溜息をつく。

「正嗣は正嗣で『俺は次男だから』なんて言って端から店を継ぐ気がない。学校を出たらとっとと入隊して、何年もこの家に居つかない時期もあったくらいだ」

「お二人とも、お店を継ぎたくないんですか……?」

直久は一瞬遠くを見るような目をして、ううん、と返事とも相槌ともつかない声を上げた。

「……少なくとも僕は、ふさわしくない。ひ弱ですぐに熱を出す。体の丈夫な正嗣が店も家も継ぐべきだと思うよ」

ほんの少し、清の質問から外れた答えだ。直久自身がどうしたいのかがわからない。重ねて真意を尋ねようとしたら、急に直久がこちらを向いた。清を見るその表情に、直前までの笑みはない。

「正嗣は正嗣で、長男である僕が跡を継ぐべきだと言ってきかない。欲がないんだ。あんな気難しそうな顔をして、実際は優しいばっかりでね」

さすが正嗣の実の兄だけある。同意しかない。その通りですね、と力強く相槌を打とうとしたら、溜息交じりに呟かれた。

「正嗣が君を内縁の妻にするなんて言いだしたのも、きっと僕にこの家を継がせるためなんだろうね」

口元に浮かべかけていた笑みを消し、清は直久を凝視した。

「それは、どういう……？」

清の顔が強張ったことに気づいたのか、直久はきょとんとした顔をする。

「だって男を妻にしようなんて、一生独身を貫くと宣言したも同然だ。そんなたわけたことを吹聴して回れば、父や親族も呆れて正嗣を跡継ぎにしようなんて口にしなくなるだろう。そう考えて、君を内縁の妻として家に連れてきたんだろう？」

違うの？　とでも言いたげに小首を傾げられ、清はとっさに笑みを作った。動揺して口元が引きつってしまいそうになるのを必死にこらえる。

（そ、そうだったんだ……）

信じられない――とは言わない。清だって、どうして正嗣が会って間もない自分を身請けしてくれたのかずっと不思議だったのだ。夢を見ているのではないかと何度も思った。けれど正嗣が衒いもなく清に好意を伝えてくれて、夜も眠らず看病までしてくれたから、ようやく本当に正嗣は自分を好いてくれているのかもしれないと信じられるようになってきた。その矢先にこんな真相が明かされるとは。

直久の言葉にぎこちない笑顔で相槌を打ちながら、馬鹿だなぁ、と清は胸の内で呟く。

（正嗣様みたいな立派な軍人さんが、僕のことなんて好きになるはずもないのに）

もしかしたら、なんて夢を見て、本当に馬鹿みたいだ。

じわじわと視界が滲んできて、目に溜まった涙を払い落とすように清は何度も瞬きをする。正嗣の伴侶になれるかもしれないなんて期待して、事実を知って泣き出しそうになっているなんてばれるのはさすがに恥ずかしい。

幸い、直久は清の不自然な瞬きに気づいていない様子だ。こちらを見ることもなく、何か考え込む顔で宙を睨んでいる。

「それにしても、どうしてあの二人は君の存在を知ったんだろうね？　正嗣は、まだ他の親族たちに君を紹介していないと思うんだけど……」

「それなら、番頭さんから聞いたってあの人たち言ってました」

清はぱちぱちと目を瞬かせ、こっそり指先で目元を拭った。

「番頭ってうちの呉服屋の？　どうして番頭がそんなこと……」

「先日正嗣様にお店へ連れて行ってもらったので、そのときに」

番頭と顔を合わせるなり、「俺の妻だ」と正嗣が清を紹介したことを告げると、直久は納得顔で頷いた。

「なるほどね。あの番頭はお喋りだから、彼に話をしておけば勝手に周囲に吹聴される。親戚連中の耳に君の噂が届くように、わざと君との仲を番頭に見せつけたのかな」

長男の直久を跡継ぎに、と望む親戚たちにその噂が届けば、正嗣は痴れ者と認定され、晴れて跡目争いから解放される。そういう算段だったのかもしれない。

言われてみれば、あの日の正嗣はいつになく清が喜ぶ言葉を浴びせてきたような気もする。店の奥で反物を選ぶときは一目惚れだったとすら言ってくれた。あれも番頭に聞かせるための方便だったのかもしれない。正嗣が本気で清に惚れ込んでいると番頭が信じてくれれば、それだけ噂も早く広まると予想して。

この数日間、つきっきりで看病してくれたのも同じような理由だろうか。まずは使用人たちに自分が清を内縁の妻にするつもりだと信じ込ませ、噂を聞きつけて後から乗り込んできた親族たちに「これは本当かもしれない」と思わせる空気を作っておいたのか。

（……全部演技だったのかな）

あの心配そうな顔も、優しく背中をさすってくれた手も。

とてもそうは思えない、と考えてしまう自分が誰よりも、正嗣の演技に騙されているのかもしれない。

「ところで、君は遊郭にいたって聞いてるけど本当？　正嗣とはどうやって出会ったの？」

物思いにふけっていた清は現実に引き戻され、直久に問われるまま、かいつまんで正嗣と出会った経緯を語った。さすがに座敷で正嗣と交した行為については語れなかったが、それ以外のことはおおむね素直に口にする。

自分が客を取らされそうになったことや、楼主の横暴を見かねて正嗣が庇ってくれたことなども伝えると、直久の顔に痛ましげな表情が浮かんだ。妓楼で清がどんな扱いを受けていたのか想像がついたのだろう。

「正嗣は、過酷な環境で働く君が不憫で放っておけなかったんだろうね。昔から雨の日に犬や猫を拾ってきては父に怒られていたくらいだから」

そう口にした直久は、本心から清に同情しているようだ。それくらい清にもわかる。わかるけれど、何気なく口にされた言葉は確実に清の心を爛れさせる。正嗣が清に手を差し伸べた理由が犬や猫を拾うのと同じ種類のものなら、それは間違っても恋情ではない。

「僕としては、正嗣に家を継いでもらうのはむしろ望むところなんだ。でも、さっきここに乗り込んできたのは親戚の中でもちょっと厄介な人たちでね」

先ほどの二人は分家筋の人間らしい。本来ならば羽田の跡継ぎにも店にも直接関係はないが、彼らは積極的に正嗣に店を継がせようとしている。

「正嗣はね、細かいことは苦手というか、興味がないんだ。店なんか任せたらどんぶり勘定になるのは目に見えてる」

頭は悪くない子なのにね、と直久は苦笑する。弟を慈しむ兄の顔で。

「分家筋の人たちは、計算や細かいことが苦手な正嗣を店の主人にしておいて、裏で店の利益を吸い上げようとしてるんだ。正嗣を形ばかりの店主という座に置いて、好き勝手しようとしてる。実際、正嗣は帳簿を毎日しっかり確認するような性格じゃないし」

正嗣を次期当主にと望む親族の中には、正嗣を傀儡(くぐつ)にして甘い汁を吸おうという者が少なからずいるらしい。先ほどここにやってきた二人もまさにそれなのだろう。

「彼らにとって、君の存在は脅威だろうね。正嗣に跡を継がせる邪魔になる」

険しい顔で呟いた直久は、俯いた清に気づいてあたふたと言い添えた。

「いや、別に君が悪いわけじゃないんだよ！　全部彼らの勝手な言い分だ。こんな家のいざこざに巻き込んでしまって、本当に申し訳ない」

深々と頭を下げ、直久は渋い顔でこめかみを掻いた。

「正嗣も、周りになんの相談もしないで無茶をする。使用人のみんなもそんな話知らないから、君をどう扱ったものか迷ってるんじゃないかな。ここ何日か二階から君たちの様子を見てたけど、君から話しかけてもろくに口を利いてもらえてないだろう。僕から注意しておこうか？　正嗣にも伝えておかないと……」

「いえ、大丈夫です！　突然お屋敷に転がり込んできて、正嗣様の内縁の妻だなんて言いだした僕を皆さんが不審に思うのは当然のことだと思うので……！」

正嗣を不要に心配させたくないし、そのことで万が一使用人たちに叱責が飛んだら申し訳ない。逆に正嗣が使用人たちから反感を買うのも避けたかった。

「大丈夫ですから！」と繰り返す清を見て、直久は目元を緩める。

「正嗣が男の子を内縁の妻にするつもりらしい、なんて聞いたときには驚いたけど、君みたいに素直な子が協力してくれているなら安心した。正嗣は口数が少なくて、たまに何を考えているかわからないところがあるかもしれないけど、君を悪いようにはしないと思うから。しばらく僕らの下らない茶番につき合ってやってね」

茶番、という言葉に身を硬くした。

直久としては、跡継ぎ問題に横槍を挟んでくる親族と、それをいなすために正嗣たちがあれこれ画策していることをすべてひっくるめて「茶番」と言ったのだろうが、なんだか自分と正嗣が夫婦としてこの離れで暮らしていることを茶番扱いされた気分になった。

こちらを見る直久の顔には、自分の家の騒動を恥じる表情が浮かんでいるばかりで、清に対する悪意や警戒心が欠片も見受けられない。たった一人の弟が同性を内縁の妻にしようとしているとなれば、もっと動揺したり本気で止めにかかったりするところだろうに。正嗣が本気で清を伴侶にすることなどないと確信しているからこその態度だろう。

緑茶をすすり、直久はくつろいだ様子で続ける。

「正嗣には、いずれしかるべき結婚相手を紹介しようと思ってるんだ。大店のお嬢さんとかね。家庭を持って落ち着いて、そのまま店も継いでくれたらいいんだけど……。その頃には、君もこんな生活から解放されてると思うよ。ごめんね、ずっと離れに閉じ込めておくような真似をして」

「いえ、そんな……、そんなことは……」

声が掠れる。直久の態度が穏やかであればあるほど、自分と正嗣の関係はかりそめのものなのだと実感せざるを得なくなる。

その後も直久はのんびりと離れで茶を飲んで、せっかくだからと一緒に昼餉も食べてくれた。

「病み上がりとはいえ、一人で眠っているばかりじゃ退屈でしょう。僕もしばらく寝ついていたからわかるよ」などと気さくに笑って他愛ないお喋りにつき合ってくれて、母屋に戻っていったのは夕方頃のことだった。

　こうして誰かとゆっくり話ができたのは本当に久しぶりでいい気分転換になったのは事実だが、一人になるとたちまち胸が不安で押しつぶされそうになった。

（この生活は長く続かないんだな……）

　縁側に立って、清は椿の垣根を眺める。母屋と離れを分断するように置かれた垣根には、小さな蕾(つぼみ)がつき始めていた。新年を迎える頃にはきっと満開になるだろう。その様子を、自分は見ることができるだろうか。

　直久は、正嗣に結婚相手を紹介するつもりでいると言った。清のような偽者ではない。正真正銘、正嗣の妻にふさわしい女性だ。

　正嗣が結婚したら、当然自分はここにいられない。お芝居とはいえ、一時でも正嗣の内縁の妻として扱われていた自分が同じ屋敷にいたら結婚相手だって嫌がるはずだ。

　この家から追い出されたら、どうしよう。まずは食べるものと住む場所が必要だ。そのためには働かなければ。でも、どこに行けばいい。どうすれば仕事にありつける。

　ふっと頭に浮かんだのは、夜でも絢爛(けんらん)豪華に輝く遊郭の光景だ。

　遊郭で生まれた清は物心ついた頃から妓楼で働かされ、満足な教育を受けたこともない。この年になるまで大門の外に出たことすらなかった。

　仕事がある場所、と考えたとき、真っ先に遊郭が頭に浮かんだのも無理からぬことだった。あの生活に戻りたいとは思わないが、他の暮らしを清は知らない。

（……三野屋に戻ったら、今度こそお客を取ることになるのかな）

楼主は本気で清を水揚げしようとしていたし、もしそうなったら、毎晩のように客に体を開かなければならなくなる。

正嗣のように優しく触れてくれる客ばかりではない。そんなこと、妓楼で生まれ育った清は嫌というほどよく知っている。

行為の最中、思い出すのは正嗣の顔だろう。穏やかな声と眼差し、優しく触れてくれた手の感触まで思い出し、きっと自分は泣いてしまう。

興醒（きょうざ）めだ、と客に殴られるところまで鮮明に思い浮かべて、清は緩く握った拳で目元を拭った。


直久と一緒に半日近く過ごしたことで、すっかり体調は回復したとみなされたのか、離れに運ばれてきた夕餉の膳には、粥ではなく麦飯が載っていた。他にも分厚い玉子焼きと味噌汁、漬物などが並び、もう普段通りの食事だ。

清はそれらを問題なく完食した。もう全快したと言っても差しさわりなさそうだ。

寝間着に着替えて寝室に布団など敷いていたら、渡り廊下から慌ただしい足音が響いてきて、離れに正嗣が飛び込んできた。

「清！　清、いるか！」

冷静さを欠いた正嗣の声に驚いて寝室から顔を出せば、外套どころか軍帽も脱いでいない状態で正嗣が駆け寄ってきた。清の両肩をがっしりと掴み、頭のてっぺんから爪先まで素早く視線を走らせる。

「分家の連中がここまで来たそうだな、兄から聞いた。怪我などしていないか」

「し、してません。この通り、大丈夫です」

正嗣は小さく息を吐くと背中を丸め、清の肩に顔を押しつけた。

「……よかった」

深い安堵の交じった声に、心臓を摑まれたような息苦しさを覚えた。本気で清が大事で、その無事を案じていたかのような声音だ。自分は正嗣にとって特別な存在なのではないかと、この期に及んで勘違いしてしまいそうになる。

いけない、と己を戒めていたら、ゆっくりと正嗣が顔を上げた。

「……今日ここに来た連中は、お前をこの屋敷から追い出そうとしたそうだな？」

一瞬で正嗣の声が低くなった。寝室にはまだ明かりをつけていないので、茶の間の行灯を背にした正嗣の表情は暗く翳ってよく見えない。にもかかわらずただならぬ雰囲気だけは伝わってきて、清はごくりと喉を鳴らした。

「お前を俺の妻だと認めようとしなかったとも兄は言っていたが、間違いないか」

そ、そうです、が、でも……」

「抗議に行ってくる」

清の言葉尻にかぶせるようにして正嗣は言う。そのまま本気で身を翻して離れを出ていこうとするので、慌てて正嗣の背中に飛びついた。

「さ、最後はわかってくれましたから！」

「そうは思えん。二度と同じことはしないと言質を取ってくる」

「だ、だ、駄目です、そんな……！」

そんなことをしたら周りの人間からどう思われることか。正嗣が同性の清を妻に迎えようとしていることを知った二人は「頭がおかしくなったのか」とすら言っていたのだ。これ以上正嗣の奇行を親戚に広めたくない。

腰にしがみつく清をずるずると引きずって正嗣は離れを出ようとする。力の差は歴然だ。牛か馬の手綱でも握らされている気分になった清は、必死で知恵を巡らせ叫んだ。

「ひ、一人になるのは怖いです！　ここにいてください！」

無理を承知で情に訴えてみた。

正嗣が怒っているのは親族たちが無遠慮にこんな場所まで入り込んできたからで、清が怖がっていようとなんだろうと知ったことではないだろう。もっと効果的な物言いを、と焦ったが、予想に反して正嗣は歩みを止め、首をねじって清を振り返った。

肩越しに見下ろされ、しがみついていた手を慌てて離す。それを追いかけるように正嗣が身を翻してきて、広い胸に抱き寄せられた。

「すまん。俺がいなかったせいで怖い思いをさせた」

背中に両腕を回され、清は全身を硬直させた。こうして抱き寄せられるのは初めてではないが、正嗣の真意を知ってしまった後だと素直にときめくこともできない。

「そういえば、具合はもういいのか？」

「は、はい、もうすっかり……日中はずっと布団から出ていましたし」

清の丸い頭に掌を沿わせ、無理はするなよ、と正嗣は囁く。

優しい声に胸がどきつく。清は一度きつく目をつぶると懸命に呼吸を整え、正嗣の胸に手をついて控えめにその体を押し返した。

「大丈夫です。すぐに直久様が来てくださいましたから。それに今日は、夕方までずっと直久様がお喋りにつき合ってくれたんですよ」

内心の憂いを悟られぬよう、満面の笑みを作って正嗣を見上げた。清の体から腕をほどいた正嗣も、興味を持ったのか少し表情を緩める。

「どんな話をしたんだ？」

「離れで普段どう過ごしているのかお話ししました。最近はお粥ばかり食べていると話したら『そろそろ普通のご飯が恋しい頃じゃない？』なんて心配もしていただいて……」

「兄もよく『粥はもう飽きた』なんて文句を言っているからな。気が合ったか」

親族のもとへ抗議に行く気は失せたのか、正嗣は外套を脱ぎながら隣室へ向かう。清も一緒に隣の部屋に向かいながら、明るい声で「はい」と返した。

直久は半日近く離れにいたが、一緒にいて肩が凝るようなこともなく、終始和やかに会話をすることができた。

正嗣が脱いだ外套を受け取りながら清は続ける。

「直久様からお聞きした洋装のお話も興味深かったです。正嗣様がいつもお召しになっている軍服のような洋装が、いずれ日本でも主流になるだろうと」

「そんな話もしたのか」

「洋装の女性を見たことがないので想像がつきませんと言ったら『そう遠くない未来、石を投げれば洋装の女性に当たるような時代が来るよ』と笑われました」

軍服を脱いだ正嗣は着物を羽織りながら、大きな背中を震わせて笑った。

「俺も初めて兄からその話を聞かされたときはまさかと思ったが、銀座に行けば洋装の女性も目にするようになってきたからな。的外れな話ではないのかもしれん」

もう何年も前から直久は「いずれ日本人も洋装で暮らす時代がくる」と言い続けていたらしい。洋服は特に機能性が素晴らしいと熱弁を振るい、正嗣たちの父が営む呉服屋にも洋服——特に女性ものの服を並べるべきだと考えているそうだ。

「この手の話になると兄は止まらなくなる。長話につき合わされて大変だったんじゃないか？」

「いえ、とても興味深いお話で、時間が過ぎるのがあっという間でした」

部屋着に着替えた正嗣は清を伴い茶の間に戻ると、座卓の前に腰を下ろした。

「あ、お茶でも淹れましょうか？」

久々にゆっくり正嗣とお喋りがしたくなっていそいそと台所に向かいかけたが、正嗣は首を横に振って清を手招きする。さらに近づいてきた清に向かって、おいで、というように自身の膝を叩いてみせた。

「え、あ……の」

うろたえて、正嗣の顔と膝を交互に見る。

正嗣は唇に微かな笑みを浮かべて動かない。強引に腕を引かれることもなければ、もういい、と突き放されることもなく、ただじっと清が動くのを待っている。

黙殺できるわけもなく、清はおずおずと正嗣の膝に乗った。

膝の上に横座りになった清を正嗣はごく自然な仕草で抱き寄せ、「お前も洋装に興味があるのか？」なんて平然と会話を続けてくる。

正嗣は肌寒いから猫を膝に抱き上げたくらいの感覚かもしれないが、正嗣に恋心を抱いている清は平静でいられない。身を硬くして相槌を打っていると、耳元を溜息が掠めた。

「本当は、兄は呉服屋を継ぎたいんだろうな」

「え？　でも直久様は、正嗣様に継いでほしいと……」

驚いて顔を上げると、部屋の隅に置かれた行灯の光を見詰める正嗣の横顔が目に飛び込んできた。正嗣の溜息が届いたわけもないだろうが、室内を照らす光が小さく揺れる。

「兄は自分の体があまり丈夫でないのをひどく気に病んでいる。対して俺はこの通り、健康だけが取り柄の男だ。ろくに風邪を引いたこともないから、俺の方が家を継ぐにふさわしいと思い込んでしまっているらしい」

そんなわけもないのに、と正嗣は苦りきった顔で呟く。

「兄は数字に強いし、世間の流行もよく観察してる。兄こそ家を継ぐにふさわしいはずだ。父だって、言葉にしたことはないがそれを望んでいる。いっそ父が無理やりにでも兄を跡継ぎに指名してくれれば話も早いんだが……あんな顔をして、父は案外優しい人でな」

いかにも気難しそうな正嗣の父親の顔を思い出して黙っていると、「見えないだろう」と囁かれ、うっかり頷きそうになってしまった。寸前で慌てて首を横に振る。

正嗣は喉を鳴らすようにして低く笑い、清の体を小さく揺らした。

「頑固そうな見た目と違って、他人に無理強いをしたがらない。だからきっと、兄が自分から店を継ぎたいと言いだすのを待っているんだ」

「正嗣様は、それでいいんですか？　お店を継ぐ気は……？」

「あるわけがない。俺なんて、服は寒さをしのげて多少の衝撃でも破れなければ十分だと思っているような無粋な男だぞ。店にいるより外で動いている方が性にも合っている」

声の調子から判断するに、正嗣は本気で家業に興味がないようだ。直久こそ家を継ぐにふさわしいと口にしたときの横顔も真剣そのものだった。

（どうにかして、直久様に家を継いでほしいんだろうな……）

自分を跡継ぎに担ぎ上げようとする親族を黙らせるため、遊郭から連れてきた下働きを妻にしようなんてとんでもないことを思いつくくらいには。

「……清？　どうした？」

俯いて考え込んでいたら、優しく体を揺すられた。清が何も答えずにいると、ああ、と得心したような声が上がる。

「病み上がりなのに長話につき合わせて悪かったな。ゆっくり休んでくれ」

清を抱えたまま正嗣が立ち上がろうとして、とっさに正嗣の胸元を掴んでいた。

再びその場に座り直した正嗣に「どうした？」と不思議そうな目を向けられ、清はごくりと唾を飲んだ。

口にするまいか否か、直前まで悩んだ。

けれど無理やり言葉を呑み込めば、またみぞおちの辺りにもやもやとしたものが溜まって胃痛を引き起こすに違いない。そう確信し、思いきって口を開いた。

「正嗣様が僕を内縁の妻にしたのは……直久様に跡を継いでほしいから、ですよね？」

そういうことであるのなら、今からでもきちんと説明をしてほしかった。そうすればぬか喜びなどしないで済むし、無為に落胆したり傷ついたりすることもない。

そう思っていたら、正嗣の胸元を摑んだ清の手に大きな手が重ねられた。

「違う。店でも言っただろう、一目惚れだ」

きっぱりと否定して、正嗣はそっと清の手を握り込んだ。

「だったら、どうして――」

緊張で喉が強張る。

はっきりと言葉にして尋ねたら、正嗣との間に漂っていた穏やかな空気は霧散する。だがこれ以上現実から目を逸らしたところで状況は改善しない。下手をしたら正嗣の立場が悪くなるだけだ。

覚悟を決め、清は震える声で尋ねた。

「……どうして一度も、僕を床に誘ってくださらないんですか」

清を支えていた正嗣の体が強張る。正嗣の膝に乗り、その胸に寄りかかっていた清は全身でその反応を感じてしまって、やっぱり、と唇を嚙んだ。

正嗣は、本気で清を内縁の妻に迎える気などないのだ。その証拠に、この家に来てからもう一週間以上が過ぎているというのに一度も床に招かれたことがない。子猫でも抱き上げるように清を膝に上げ、慈しむように頭を撫でてくれることはあっても、恋人たちのように素肌を合わせたことはなかった。

正嗣は体を硬直させたまま、不自然な咳払い（せきばらい）をした。

「……それは、お前が体調を崩していたからで」

「体なら、もうすっかりよくなりました」

清は自ら正嗣の手を握りしめるが、正嗣は清の手を握り返してこない。戸惑いを示すように微かに指先が動いただけだ。

この反応を見ればもう間違いない。やはり直久の言っていた通りだったのだ。

取り乱すまいと思っていたのに、理解した途端涙で視界が曇った。

今後、直久が家を継げば、正嗣が清を内縁の妻にしておく理由はなくなる。あるいは直久に押し切られて見合いをした正嗣が家を継ぐことになるのかもしれない。どちらにしろ、清の存在が不要になるのは変わらない。

そうなったら自分はまた遊郭に戻って、今度こそ店で客を取るのか。

未来の想像はいつだって悪い方に転がって、坂道を下る雪玉のように膨らんで清に迫ってくる。他の可能性が見えなくなった清は、だとしたら初めての相手は正嗣がいい、と痛切に思う。正嗣との思い出があれば、きっと正気を保っていられる。

清は思い詰めた表情で正嗣の手を握りしめると、俯いたまま口を開いた。

「今日ここにいらした親戚の方々は、僕が本当に正嗣様の内縁の妻なのか疑っていました。僕が本物の妻だと周りに思ってもらえないと、正嗣様は困るんですよね……？」

「清、違う。俺は――」

「僕、正嗣様の役に立ちたいんです」

硬い声で正嗣の言葉を遮って、清は勢いよく顔を上げた。

「妓楼から身請けしてくださって、正嗣様には本当に感謝してるんです。だから何か、お返しがしたくて……」

見上げた正嗣の顔は強張っていて、心臓がぎゅっと固くなった。

もしかすると自分は、途方もなく愚かなことを口走っているのではないか。握りしめた正嗣の手をいつ振り払われるかわからず指先が冷たくなった。

「お……恩返し、に、せめて……」

言葉を重ねるほど不安になる。これ以上は声にならず俯くと、正嗣に痛いくらい強く手を握り返された。

「恩返しで、お前は俺に抱かれるのか？」

手の甲が鈍く軋むほどの力と、地を這うような低い声に息を呑む。恐る恐る目を上げると、正嗣が剣呑な目でこちらを見ていた。

怒らせた、と悟って体から血の気が引く。無自覚に体が逃げを打ったが、逆に腰を引き寄せられて身動きが取れない。

　正嗣は互いの額がぶつかる距離まで身を屈めると、低く潜めた声で言った。

「そんな理由で、嫌ではないのか」

　正嗣から目を背けることもできず、清は無言で首を横に振る。嫌なわけがない。初めて好きになった相手だ。

　いつかこの家を出ていくのなら、その前に一度でいいから触れてほしい。離れ離れになるのなら、せめて思い出だけでも抱えていきたい。

　どんな理由でもいいから正嗣にその気になってほしくて、震える声で呟いた。

「……仕事で、慣れていますから」

　だからこちらの気持ちや体調を慮る必要もない。そう続けようとしたら、それまで痛いくらい清の手を握りしめていた正嗣の手からふっと力が抜けた。指先がするすると移動して、清の手首を一周する。

　清、と一等低い声で名前を呼ばれて背筋をびくつかせた。唇に吐息がかかる。

「これまでお前がしてきた仕事について、あれこれ言うつもりはないが」

　怒りと苛立ちが混ざった目で睨まれて、清は小さく声を上げた。

「せめてお前を抱いた人間を、俺に想像させるのだけはやめてくれ」

「も、申し訳……っ、……！」

今にも食いかかってきそうな眼差しに慄（おのの）いて謝罪の言葉を口にしかけたが、途中で正嗣に唇をふさがれて最後まで言いきることはできなかった。

「ん……、ぅ……ん……っ」

唇に噛みつかれて体が跳ねる。やはり怒っている。

妓楼で遊女を追い返そうとしたくらいだから、客を取るような人間と枕を重ねるつもりはないのかもしれない。でも、だとしたらこうして唇を重ねているのはおかしい。

唇の隙間から舌が割って入ってくる。舌を搦（から）め捕（と）られ、強く吸い上げられて息が上がった。酸欠気味の頭では、正嗣の行動の矛盾にそれらしい答えを出すことすらできない。

正嗣の手が清の着物の襟をかき分け、直接胸に触れてきた。荒々しく肌をまさぐる掌が熱い。その気になってくれたのだろうか。こんな機会はもうないかもしれない。清は勇気をかき集め、自ら正嗣の首に腕を回した。

「ん、ん……んぅ……っ」

指先が胸の突起に触れ、小さく声を漏らしてしまった。それを聞きとめたのか、正嗣が親指の腹でそこをこすってくる。くすぐったいようなむず痒（がゆ）いような感触に身をよじると、咎めるように舌先を噛まれた。

「は……、ぁ……っ、や、ぁ……っ」

舌を絡ませながら、唇の隙間からくぐもった声を出すが聞き入れてもらえない。胸の尖（とが）

りを指の腹で押しつぶされると、触れられてもいない下腹部に熱がこもった。

清がもじもじと腿をすり寄せているのに気づいたのか、正嗣の手が胸から臍へと滑り落ちる。そのまま帯をほどかれそうになって、清は慌てて身をよじった。

「なんだ、今更怖気づいたのか」

口づけがほどけ、正嗣が身を乗り出して清の耳元に唇を寄せてくる。耳殻に荒い息が触れ、清はきつく目をつぶった。

「ち、違います……っ、その、布団に……」

初めて正嗣と出会った日もこうして膝に乗せられ、あちこち触れられているうちに清ばかり絶頂に導かれてしまったのだ。あのとき正嗣はボタン一つ外していなかった。

また同じ目に遭いたくなくて震える指で隣の部屋を指させば、正嗣が応じるようにその場に立ち上がった。もちろん、清は横抱きにしたままだ。

突然の浮遊感に驚いて正嗣の首にしがみつく。正嗣は大股で寝室に入ると、すでに敷いてあった布団の上にそっと清を横たえた。

唇を奪ってきたときはどこか怒っているようだったのに、清の上に覆いかぶさってきた正嗣はついばむような口づけを繰り返し、着物の裾を割って清の内腿を撫でてくる。下帯をほどく手つきは性急だが、乱暴ではない。すでに昂ぶりを見せている清の屹立を握り込む手には、加減を探るかのようにほとんど力が入っていなかった。

「あ、あ……っ、ぁ……っ」

ただ柔らかく握り込まれただけなのに、硬い掌の感触に背筋が震えた。ほんの少し上下に扱かれただけですぐに先走りが溢れてきて、清は必死に快感をやり過ごす。

正嗣は清の頬に唇を滑らせ、ふ、と小さな笑みをこぼした。

「以前も思ったが、お前は感じやすいな。こんなにすぐに濡れてしまって……」

正嗣が手を動かすたびに、いやらしく湿った音がする。恥ずかしいのに、気持ちがよくて抗えない。正嗣の唇は頬から顎、喉元に下りて、ゆっくりと胸が反り返る。

「あ、あ……、や、ぁ……っ」

「いきそうか？　……もう？」

清の喉元に唇をつけたまま正嗣が囁く。微かに笑いを含んだ低い声が、喉元から全身に響くようで目の前がぼやけた。上からのしかかってくる正嗣の重みが心地よくて、溶けて崩れてしまいそうだ。指先で先端をくじかれると耐えきれず、清は奥歯を震わせた。

「ひ、あ……っ、あ、あぁ……っ！」

他人の手から与えられる快感にまだまったく慣れることができず、あっという間に絶頂まで押し上げられてしまった。

正嗣は掌で受け止めた精を清の足のつけ根に垂らすと、清の腰に辛うじて引っかかっていた帯を引き抜いた。清の着物を脱がせ、身を起こして自身の着物も脱ぎ落とす。

ぐったりと布団に沈み込んでいた清は、暗がりの中に浮かび上がったその体を見て息を呑んだ。これまでも着替えを手伝うときにちらちらと正嗣の背中や肩回りを見てきたが、こうして真正面からその体を見るのは初めてだ。

日々鍛えているのだろう体にはみっしりと筋肉がついていて、唇から感嘆の声が漏れた。広い胸に、逞しい肩回り。見ているだけでドキドキするような体だ。

帯をほどき、身につけていたものをすべて脱ぎ落とした正嗣が再び清にのしかかってくる。それだけで頭に血が上ってしまって、清は寝返りを打ち正嗣に背を向けた。

後ろから清を抱き込んだ正嗣が、耳の裏で「清?」と囁く。闇の中で聞く低い声はとんでもなく甘く響いて、すでに腰が抜けそうだ。

仕事で慣れているふりをしなければいけないのに、とてもそんな演技をしている余裕がない。でも隠さなければ。なんだかんだと正嗣は優しい。清が正嗣に恋心を抱いていることや、この手の行為は初めてだと知ったらここで手を止めてしまうかもしれない。

「あ、あの……っ、後ろから、して、ほしい……です」

妓楼にいた頃、遊女と客が座敷で絡み合っていた姿を思い出しながら清はぎこちなく四つ這いになった。

後ろからなら顔を見られないし、物慣れない態度にも気づかれずに済むかもしれない。

正嗣は清の意図に気づいているのかいないのか、特に文句を言うでもなく、四つ這いになった清の腰を背後から抱き寄せた。

「わかった。……こうか？」

正嗣が身を倒してきて、背中に広い胸がぴたりと触れる。互いの体が密着して、心臓が痛いくらいに高鳴った。腿の裏に硬いものが当たる。正嗣自身だと気がついたら、真っ赤に焼けた石でも抱かされたように胸から腹部が熱くなった。

正嗣は清の項に唇を押し当て、清が放ったもので濡れた指を奥まった場所に滑らせる。

清はびくりと肩を揺らしたものの、抗わず懸命に体の力を抜いた。

「は……、は……っ、ぁ……ぅ……っ」

長い指がゆっくりと奥に入ってきて、痛みと違和感に眉を寄せる。やはり後ろからにしてもらってよかった。苦痛に歪む顔を見られないで済むし、布団に顔を押しつけてしまえば声を殺すこともできる。

指を出し入れされる苦痛を枕の端を噛んで堪えていると、ふっと耳元に息がかかった。

「……清、苦しいのか？」

耳元でひそやかに囁かれ、正嗣の指を締めつけてしまった。こんなときでも名前を呼ばれると嬉しくて、苦しいくらい心臓が高鳴る。枕から口を離し、清は無言で首を横に振った。

「何か、無理をしていないか……？」

耳に流し込まれる声は優しく、ふっと体から力が抜ける。前より深く正嗣の指が入ってきて、腹の奥でぞろりと何かが蠢く気配がした。

「あ……、し、して、な……、ぁ……っ」

節の高い指が出入りする感触が鮮明になった。柔らかい粘膜がきゅうきゅうと正嗣の指に絡みつく。清の声音が変わったことを敏感に感じ取り、正嗣がもう一本指を増やしてきた。入り口にひきつれるような痛みを感じた直後、耳朶に歯を立てられて意識が逸れる。柔らかく耳を食まれるくすぐったさと、耳殻に舌を這わされるじれったさに気を取られているうちに、痛みはうやむやになってしまった。

「……清、いいか？」

耳の裏で囁かれ、清は睫毛の先を震わせる。正嗣の声は荒い吐息が交じっていて、腿の裏に押しつけられる屹立も怖いくらいに硬くなっている。

ちゃんとできるだろうかという不安もあったが、それ以上に正嗣の熱を直接この体で感じてみたかった。好いた相手の欲望を一身に受けたい欲に呑まれて、必死で頷く。

奥を探っていた指を引き抜かれ、後ろからがっしりと腰を掴まれた。とっさに近くの枕を引き寄せ、そこに顔を埋めて息を詰める。

「……っ、ん、ん……っ、ぅ……っ！」

狭い場所を無理やりかき分けて入ってくるものはひどく熱くて、この身に収まりきるとは思えないほどに大きい。声を出したら苦痛が色濃く滲んでしまいそうで、切れるほど強く唇を嚙みしめた。

「……っ、少し……緩めてくれ……」

背後から聞こえる正嗣の声にも余裕がない。だが、緩めろと言われてもどうしたらいいのだろう。困り果てていると、腰を摑んでいた正嗣の手が移動して清の下肢に触れた。

「あ……っ！　あ、や……っ、ぁ……っ」

すっかり萎えていたものに正嗣の指が絡んで、喉の奥から高い声が漏れる。ゆるゆると扱かれると、腹の底でぐらりと何かが煮立つように快感が湧き起こった。

「あ、あ……っ、んん……っ！」

背中に唇を這わされたと思ったら、ふいに項に歯を立てられて声が出る。じりじりと腰を進められて感じる鈍痛も、前を扱かれる快感に集中していればやり過ごせた。

「あ、あっ、あぁ……っ！」

ぐっと腰を押しつけられ、根元まで正嗣を吞み込んだのをぼんやりと自覚する。全身汗みずくになって肩で息をしていると、後ろから正嗣の指が伸びてきて顎を取られた。

振り返ったものの、涙目では正嗣の顔がよく見えない。瞬きを繰り返していると、目尻に柔らかく唇を押しつけられた。

「いつもそうやって泣くのか……？」

正嗣の言葉は短い。いつも、というのは、客を取るときという意味か。清がこうした行為をするのは初めてだったことは気づかれなかったようだ。

下手なことを言っては嘘がばれてしまいそうで目を伏せると、瞼にも優しく唇を押し当てられた。

「……他の男に抱かれている姿を想像させるなと言っておいて、自分から訊いていたら世話がないな」

自嘲をこめた声で「聞かなかったことにしてくれ」と囁かれ、唇を重ねられる。

「ん……、ん、ぅ……」

砂糖菓子を舐め溶かすように唇を舐められ、緩んだ隙間から舌を差し込まれる。とろとろと舌が絡まって気持ちがいい。恍惚（こうこつ）として正嗣の口づけに酔っていると、緩慢に腰を揺すられた。

「あ……っ、ん」

目の端から涙が散った。与えられる刺激が強すぎて、もう快も不快も曖昧だ。

うっすらと目を開けると、至近距離で正嗣と目が合った。

正嗣が自分を見ている。それだけで胸の奥が爆（は）ぜるほど嬉しくなって、清はとろりと目を細めた。

唇を合わせたまま、くぐもった声で正嗣を呼ぶ。答える代わりに正嗣は清の唇を噛み、

屹立に指を絡ませて、前より大きな動きで腰を揺すってきた。

清はもうほとんど身じろぎもできず、正嗣の腕の中で身を震わせるばかりだ。

(……溶けちゃう)

口の中を食い荒らすような口づけを受け、清は目の端からぽろぽろと涙をこぼした。

苦痛と紙一重の強烈な快感にもみくちゃにされ、正嗣の腕の中で正体をなくしていく。

でも不思議と怖くはなかった。脱力した体は正嗣が後ろからしっかり抱きとめてくれる。

嵐のような快感に翻弄(ほんろう)されてなお、正嗣の大きな体に寄り添っていると安心できた。

唇を離した正嗣が、清の胸の前で腕を交差させるようにして抱きしめてくる。正嗣の荒い息遣いを頬に感じて、清はぶるりと体を震わせた。

「あ、あ……っ、あぁ……っ……」

喉から漏れた声はひどく掠れて切れ切れで、正嗣の耳に届いたかどうかわからない。

正嗣が低く呻く声がする。清を抱きしめる腕は痛いくらいに強いのにやっぱり安心できて、清は甘えるように正嗣の腕に頬ずりをした。


師走に入ってから、ぐずついた天気が続いている。

ただでさえ日が短いのに日中も灰色の雲が空を覆い、地面から冷気が這い上がってくる。

素足に草履を履いた清の爪先も紫色だ。吹きつける風も切るように冷たいが、北風に着物の裾をはためかせる清は、のぼせたような顔で箒を握りしめて母屋の裏に立っていた。

正嗣と体を重ねてから五日が経った。かなり時間が経過しているにもかかわらず、清はことあるごとにあの夜を思い出してしまう。閨で見た正嗣の声や仕草が脳裏に蘇るたびにあわあわと足踏みをして、目の前のことに手がつかなくなってしまうことも多い。

床での自分の振る舞いが正しかったのかどうか、未だに清にはわからない。わかるのは、事後正嗣がひどく落ち込んでいたことだけだ。

正嗣に抱きつぶされて意識を手放した清は、ほどなく肩まで布団をかけられた状態で目を覚ました。体にはきちんと着物を着せられ、肌もさらりと乾いている。

視線を巡らせると、隣の乱れた布団の上に正嗣がいた。清に背を向け項垂れている。声をかけると正嗣の肩が小さく揺れて、振り返らないまま「すまん」と詫びられた。

「男同士の作法も知らず、俺の不手際でお前に負担をかけた。体も本調子ではなかっただろうに……」

同性を抱くのは正嗣も初めてだったらしい。最中に清が苦しげにしていたのは気づいていたようだが、すべて己の不徳がいたすところと解釈したようだ。

「……これまでお前が相手をしてきた客のことを考えたら妬けて、あまり優しくできなかった。本当に、申し訳ない」

あのとき、そんな相手はいません、と本当のことを言うべきだったのだろうか。何度も口を開きかけたが、一向にこちらを振り返ろうとしない正嗣に拒絶されたような気分になって、結局何も言えなかった。

あの日以来、正嗣とはずっと別々の布団で寝ている。それどころか、正嗣は清が寝つくまで寝室に入らず、夜が更ける頃ようやく行灯の火を消して布団に入ってくるようになった。

清に無理を強いてしまったと思い込んで気を遣ってくれているのか。それとも避けられているのか。男同士で体を重ねるのは初めてだと正嗣は言っていたし、思ったよりもよくなかったのかもしれない。清の不安は募るばかりだ。

それでいて、正嗣の態度すべてがよそよそしくなったわけではない。距離を置くのは布団を並べるときだけだ。帰宅時間はこれまでよりむしろ早くなって、一緒に夕餉を食べてくれるようになった。食事中は今日の出来事を清に尋ねてきてくれたりする。

先日など、仕事帰りに土産まで買ってきてくれた。

せっかくの日曜なのに仕事が入り、清を一人にさせてしまった詫びにと正嗣が手渡してくれたのは砂糖壺だった。掌に包み込めるほど小さな壺には、つまみのついた蓋もある。透き通る青い釉薬をかけた壺は美しく、こんなものをもらっていいのかと戸惑っていたら、「清はあそこに金平糖をしまっているだろう」と茶簞笥を指さされた。

隠していたつもりが、正嗣にはとっくにばれていたらしい。とっとと食べればいいものをとでも思われただろうか。どんくさい、と遊女に笑われたことを思い出して顔を赤らめたが、正嗣は清を嘲笑したりしなかった。

「よかったら、この壺に入れておいてくれ。多分、綺麗だ」

言われるまま、懐紙に包んで引き出しの奥にしまい込んでいた金平糖を取り出し、正嗣と一緒に小さな砂糖壺に移し替えた。

壺の内側で、白や水色や桜色の金平糖がからころと跳ねる。

懐紙の上に転がしておくだけでも十分美しかったが、夜空に似た藍色の砂糖壺に収まった金平糖はなお綺麗だ。色とりどりの星を詰め込んだようにも見える。

正嗣も、こんな光景を想像してわざわざこの壺を用意してくれたのだろうか。両手で砂糖壺を握りしめて礼を述べると、正嗣も微かに目を細めてくれた。

こんな調子で、正嗣は優しい。優しいけれど、もう不用意に清に触れてくることはない。布団を離して敷くようになったのはもちろん、何かのはずみで肩に触れたり、髪を撫でたりしてくることすらしないのだ。

屋敷の裏で箒を握りしめ、清はもう何度目になるかわからない溜息をついた。

(……あのとき、なんで正嗣様は僕を抱いてくれたんだろう)

考えるのはそのことばかりだ。

清を好きで抱いてくれたのなら、その後距離をとってくる理由がわからない。

好きでもないのに抱いたのだとしたら、その理由はなんだろう。ここで清が臍を曲げて屋敷から逃げ出してしまったら、直久に家督を継がせるための計画が狂うからだろうか。それとも、二週間も寝起きをともにするうちに、少しはこちらに情でも湧いたか。

そうだったらいい。でもきっとそうではない。期待と諦めがやじろべえのように揺れる。溜息ばかりだ。寒空の下、唇の先で白く息が凝(ここ)る。それを散らすように首を振り、気を取り直して箒を振るっていたら背後から声をかけられた。

「清さん、そろそろ休憩にしませんか」

振り返ると、前掛けをした少女が母屋の隅からひょこりと裏庭を覗き込んでいた。

「お茶の準備をしておきますから」と言い残して顔を引っ込めた少女は、この屋敷の使用人でミツという。以前、清が洗った食器を母屋に返しにいった際、「こういうこと、しなくていいです」と言い放った人物だ。

母屋の裏の掃除をしていた清は手早く掃除道具を片づけて勝手口に向かう。台所ではミツや他の使用人が茶の準備をしていて、「お疲れさま」と清に声をかけてくれた。

台所の奥は使用人の控室だ。小さな畳の間にはすでに数人の使用人たちが集まり、ちゃぶ台を囲んで午後の休憩をとっていた。そのうちの一人が清を振り返り「こっちこっち」と手招きしてくれる。

清に対する使用人たちの態度がこんなふうにがらりと変わったのは五日前。正嗣に抱かれた直後のことだ。

体調を崩し、数日間離れに閉じこもっていた清が久々に母屋にやってくると、行く先々で使用人たちから「もう体は大丈夫なのか」と声をかけられた。

正嗣がいない間、寝込んでいる清を使用人たちは持ち回りで看病した。熱にうなされ、痛みに呻き、それでも誰にも助けを求めることなく体を丸めて苦痛に耐えていた清の姿を全員が見ている。黙っていられず声をかけた使用人は例外なく「大丈夫です」「ありがとうございます」と清に涙目で礼を言われ、すっかり情が移ってしまったらしい。

こそこそと掃除をしていても、すぐに使用人たちがやってきて「手伝うか？」「いつも悪いね」と声をかけてくれる。

これまでは風呂場や厠などを掃除していると誰にも会わずにいられたのに、と不思議に思ったが、どうやら周りの目をかい潜れていたと思っていたのは清ばかりで、使用人たちは清の行動を黙認し、敢えてその近くに寄りつかないようにしてくれていただけだったようだ。

それにしても使用人たちがこうも急激に態度を変えた理由がわからない。だいぶ清への態度も軟化していたので思いきって直接理由を尋ねたところ、正嗣と直久の二人から直々に声がかかっていたことが判明した。

正嗣からは、清が心労で倒れたので気を配ってほしいと頭を下げられ、直久からは、何もしないで家にいるのは清も心苦しいだろうから、この際正嗣の内縁の妻ということは忘れて清にも仕事を振ってやってほしいと頼まれたそうだ。

「直久様と正嗣様の二人から頼まれたんじゃ、俺たちだって無視できないだろ」

使用人を取りまとめている年かさの男は困ったような顔で清の質問に答え、使用人たちが集まる午後の休憩時間に清も呼んでくれるようになったのだ。

清は清で、使用人たちが受け入れてくれるならとせっせと下働きに精を出し、真冬の水仕事も率先して行うようになった。陰ひなたなく働くその姿にほだされたのか、使用人たちも今や清を「清」「清さん」と呼んで気安くお喋りしてくれるようになった。

「清さん、また手から血が出てる」

清に湯呑を手渡したミツが、清の指先を見て眉根を寄せる。

「水仕事は少し休んでって言ったのに。全然あかぎれが治らないじゃないですか」

ミツは唇をへの字に結んでいるが、怒っているのではなく心配してくれているだけだ。以前清に声をかけてきたときも、ぼろぼろに荒れた清の手や、着物の袖口を濡らした姿を見ていられず「こういうこと、しなくていいです」と言い渡してきたのだという。

「こらミツ、あんまり清を叱るとまた正嗣様が鬼の形相で母屋に乗り込んでくるぞ」

使用人の一人が茶化して、ちゃぶ台を囲んでいた面々が「あれはたしかに鬼の顔だ」と声を立てて笑った。

清も一緒にニコニコと笑う。正嗣たちが口を利いてくれたおかげでこんなふうに家の人々と話ができるようになったのだから感謝しかない。

使用人たちが清に気を許すようになった最大の理由は、正嗣たちの口添えより何より、ここ数日清が周りの仕事を奪う勢いでがむしゃらに働いてきたということに他ならないのだが、当の本人は自覚なしだ。

「そういや直久様、今朝はまた少し微熱っぽいみたいね」

誰かが何気なく口にした言葉に、清は鋭く反応する。つい先日まで自分も寝込んでいただけに他人事とは思えない。

「お医者様には診てもらったんですか？」

「ううん。直久様が、これくらいよくあることだから医者は呼ばなくていいって」

「直久様は頭もいいしお人柄もいいが、少々体が弱いのが玉に瑕だな」

直久は自宅にいることが多いので、自然と使用人たちと会話を交わす機会が多くなる。中学を卒業してから少尉になるまで長らく家を空けていた正嗣や、家にいるより店先にいることの方が多い当主より、使用人たちは直久を慕っている節があった。言葉の端々から、直久にこそ家を継いでほしいと彼らが思っていることが伝わってくる。

「正嗣様はぱっと見たところ頼りがいがあるけど、ちょっと不器用すぎるからねぇ」

「その点、直久様は万事において如才がないじゃない」

「大病で寝込んでいるわけでもないし、季節の変わり目にちっとばかし熱を出しやすいだけだろう？　そんなことで家督を弟に譲る必要なんてねぇと思うけどなぁ」

問題はむしろ直久に自信がないことだ、と使用人たちは口を揃える。自分になど店を継げるわけがない、当主が務まるわけがないと尻込みしてしまっている。

以前は直久にもたびたび縁談の話がきていたようだが、本人が断り続けているせいで話は一向にまとまらない。父親も最近では諦めたのか、見合いの話を直久に持ちかけなくなってしまったそうだ。

「だったら、いつか正嗣様がこの家を継がれるの？」

清の隣に腰を下ろしたミツに尋ねられ、周りの大人たちは苦笑いを漏らした。

「無理じゃないかねぇ。そうでなくとも正嗣様は清のことで頭がいっぱいだろうし。店を回してる余裕なんてないだろう」

ふいに自分の名前が飛び出して、清は思わず背筋を伸ばした。

どうしたわけか、ちゃぶ台の前に集まった使用人たちは生ぬるい笑みを浮かべて自分を見ている。隣を見れば、あまり表情を変えないミツまでも唇の端を緩めていた。

「あ、あの……僕、何かしました、か……？」

「いやぁ。どっちかっていうと、やらかしてんのは正嗣様だわな」

誰かの言葉を皮切りに、周囲の面々が堰を切ったように喋り出した。

「あんたが寝込んだときの正嗣様ったらもう、目も当てられなかったんだから」

「普段は滅多なことで動じない人が、とんでもない大声で俺たちを呼びつけて、離れで火の手でも上がったかって跳び上がったぞ、あんときは」

「清を置いて出かけるときなんて今生の別れかってくらい渋りに渋って……」

「お粥の硬さまで指定してきたんだよ。朝は三分粥、様子を見て夜は五分粥に、なんて」

「あんな正嗣様初めて見ました。帰ってきたと思ったら靴も揃えず帽子も脱がず、離れに向かって一直線でしたから」

常にない正嗣の様子がよほどおかしかったのか、使用人たちは我も我もと正嗣の狼狽ぶりを暴き立てる。

「正嗣様のあの姿を見るまで、なんのつもりであんたを引き取ったのかさっぱりわからなかったが、あれだけ見せつけられちゃなぁ」

呆れたような口調で誰かが言う。

正嗣が遊郭から連れてきた相手を離れに住まわせるつもりらしい。最初にそんな話を耳にした使用人たちは、堅物の正嗣が遊女にたぶらかされでもしたのかと大いに動揺したそうだ。しかしいざ現れたのは華美な着物を着た妖艶な美女ではなく、どこにでもいそうな小柄な少年だ。

正嗣は一体何を考えているのか。清に騙されたか、弱みでも握られているのではないかと警戒していたらしいが、正嗣が夜通し清の看病をする様子を見て認識を改めたらしい。

「自分が離れにいるときは、頑として清の枕元から離れなかったもんねぇ」

「清も清で、正嗣様から金平糖なんぞもらって子供みたいに笑ってるもんだから、疑ってるのが馬鹿らしくなった。あんなもん見せつけられて邪魔なんてしたら、馬に蹴られて死んじまう」

病床で清が正嗣から金平糖をもらう姿でも見ていたのか、使用人の一人がうんざりしたような顔で肩を竦めた。

顔を赤らめる清の肩を、女性陣が次々と叩いていく。

「奥様、とか呼んだ方がいい？」

「い、いえ……！　とんでもない……！」

「あっはは！　こんなに働き者の奥様いないよ」

「まあ、男の身で内縁の妻なんてどう転ぶかわかんないけどねぇ。旦那様もなんておっしゃるかわからないし。でも、あれだけ正嗣様が大事にしてくれるんだ。頑張りな」

からかうような口調だが、向けられる笑顔は思いがけず温かい。直久と違い、この場にいる使用人たちは、本気で正嗣が清に惚れ込んでいると信じて疑っていないようだ。

（……本当にそうだったらいいのにな）

口ごもる清を見て、女性たちが、おや、と言いたげに身を乗り出してくる。

「何か心配事でも？　まさか本心では、内縁の妻なんて冗談じゃないとでも思ってる？」

「まさか！　違います、ただ……あの」

恋愛絡みの話が楽しくて仕方ないのか、女性たちは身を乗り出して清の言葉を待っている。ほんの少し前まで会話はおろか、ろくに視線が合うこともなかったのに。短期間で目まぐるしく状況が変わったものだと、清は苦笑を漏らした。

「こんなに皆さんに応援してもらえると思ってなかったので、驚いて……。この屋敷に来たばかりの頃は、とんでもなく恨まれているなと思っていたので」

「あら嫌だ、恨むだなんて物騒な」

「だって、裏木戸の前にネズミの死骸が転がってたらさすがに肝を冷やしますよ」

今となっては笑い話だ。軽い気持ちで口にしたのだが、室内は水を打ったような静けさに包まれた。

「……死骸？」

「あ、いや、ネズミですよ、ただの」

「猫がとってきたやつじゃなく？」

「いえ、刃物で首を切り落とされた……」

使用人たちが顔を強張らせる。誰だ、お前か、いやまさか、と、室内に不穏なざわめきが広がった。

「それが本当なら、犯人を捜したほうがいいんじゃねぇか……?」

深刻さの滲む声に驚いて、清は大きく首を横に振った。今更ことを大きくしたくない。

「いいんです！　一度きりですし、もしかしたら猫の仕業だったのかもしれません！」

その場は強引に話を切り上げたが、猫の仕業でないことは清が一番よく知っている。刃物ですっぱりと首を落とした切り口は、今も記憶に鮮明だ。

休憩を終えた清は、使用人たちと一緒に夕餉の支度にとりかかった。

妓楼で長年まかないを作っていたので、調理の類は慣れている。けれど今日は、包丁で野菜の皮を剝く手が少しだけ覚束ない。

(……あのネズミ、一体誰が?)

清がこの屋敷にやってきたばかりの頃、自分の存在を苦々しく思っている人間はたくさんいたはずだ。今は気さくに接してくれる使用人たちだって、どこの誰とも知れない自分が突然離れに住みつき、上げ膳据え膳の扱いを受けていれば面白く思わないこともあっただろう。言いだせなかっただけで、一緒に休憩を取った使用人たちの中に犯人がいたのかもしれない。

でもな、と清は首をひねる。清がネズミの話を持ち出したとき、使用人たちは揃ってぽかんとした顔をした。あんな無防備な表情が演技でできるものだろうか。

犯人が使用人でないのなら、残るは羽田家の人間だ。正嗣と父親はあの時間もう外出していたはずなので、考えられるのは直久しかいないが——。

ありえない、と清は自ら疑念を否定する。親族の人間が離れに押しかけて来たとき、清を庇ってくれたのはほかならぬ直久だ。

考えながらも黙々と手を動かす。あらかた料理が完成すると、ミツに「清さん、直久様のお部屋にお膳を持っていってもらえますか？」と声をかけられた。

「え、直久様のお部屋って二階ですよね？　僕が行ってもいいんですか？」

清は母屋の二階に足を踏み入れたことがない。二階には直久の部屋だけでなく、清がこの家に来るまで正嗣が使っていた私室や、当主の寝室まであるのだ。使用人たちの中でも、二階に上がれる者は限られていた。

ミツはこくりと頷いて、用意した膳を清に差し出した。

「清さん、なんだか少し元気がないので、少し直久様とお喋りでもしてきてください」

「でも直久様は熱を出してるんじゃ……？」

「本人が微熱とおっしゃるときは、夜にはもう下がっていることがほとんどです。そろそろ直久様も退屈し始めてる頃だと思うので」

自身も病み上がりに直久にお喋りにつき合ってもらったことのある清は、そういうことならと膳を持って屋敷の二階に上がった。

直久の部屋は、階段を上がって廊下を進んだ先の突き当たりにあるという。清は廊下の前に膝をつくと「夕餉の膳をお持ちしました」と声をかけてから襖に手をかけた。

襖を開けた瞬間、真っ先に目に飛び込んできたのは壁際に並ぶ背の高い本棚だった。ぎっしりと書物が詰まった本棚の前には、入りきらなかった本が積み上げられている。

窓際には文机が置かれ、その上にも本や紙の束が積み重ねられていた。文机から落ちたのか、畳の上にもたくさんの紙が散らばっている。それらを目で追っているうちに、ようやく押し入れの前に延べられた布団に視線が届いた。

布団の上には、寝間着姿の直久がいた。膝の上に画帳を広げて何か描いている。清が襖を開けたことにも気づいていない様子だ。

「あの、直久様……失礼します」

首だけ室内に入れて呼びかけると、ようやく直久の耳にも清の声が届いたらしい。驚いたような表情で顔を上げた直久に「夕餉をお持ちしました」と声をかけると、ああ、と気の抜けたような声が返ってきた。

「ありがとう、机に置いておいてくれる？　食べ終わったら廊下に出しておくから」

言われた通り膳を置いて出ていくつもりだったが、机の上に並べられた紙を見て動きを止めてしまった。画帳から切り離された紙に描かれていたのは、洋装姿の女性の全身図だ。

「これ、直久様が描かれたんですか……？」

文机の上に絵を置きっぱなしにしていたことを思い出したのか、直久は一瞬布団から腰を浮かせたものの、目を輝かせる清を見て力なく布団に座り直した。

「うん、まあ……」

「お上手ですね！　これは、何かをお手本にして描いているんですか？」

「手本はないよ。どれも僕が考えた洋服だから」

既存の絵を模写しているのだと思っていた清は、ますます驚いて直久を振り返った。

「洋装の色や形を、ご自身で考えることができるんですか？」

「大したことじゃないよ……」

照れくさいというより、どこか居た堪れないような顔で呟く直久に「大したことです！」と清は力強く言い返した。

「もしかして、今も洋装の絵を描いていらしたんですか？」

直久の手元に目を向けたが、隠すように画帳を閉じられてしまった。

「……描いてるけど、趣味みたいなものだから」

「趣味でとどめておくのはもったいないくらいですね。実際にこういうお洋服を作って、お店に並べてはいかがですか？」

無表情で清の言葉に耳を傾けていた直久が、ふっと唇に苦い笑みを浮かべた。

「無理だよ。僕が店に関わることはない。この通りすぐに寝込んでしまうんだから」

そう言って壁に寄りかかった直久は気だるげで、口調もどこか投げやりだ。もしかするとまだ少し熱があるのかもしれない。早く立ち去るべきだろうとは思ったが、前回会話をしたときの朗らかさがすっかり消えた直久を放っておくのも気が引けて、清はそろそろと布団の傍らに膝をついた。

「ですが正嗣様は、直久様にお店を継いでほしいと言っていらっしゃいました」

直久は壁に寄りかかったまま腕を組み、うん、と力なく頷いた。

「昔から正嗣はそう言ってくれた。あれは優しい子だから、ふがいない兄を立てようとしてくれる。君も正嗣に何か言われた？　僕を慰めてやれって？」

「違います。正嗣様は本気で……」

「まあ、正嗣はもともと服にまるで興味がないからね。面倒な仕事は僕に任せておきたいのかな」

呟いて、直久はぼんやりと瞬きをする。前回とは別人のように卑屈な物言いだ。それに正嗣の想いを誤解してもいる。

「正嗣様は、直久様が世間の流行をよく観察していらっしゃると言っていました。直久様こそ家を継ぐのにふさわしいとも。それに、旦那様だってそう考えていると……」

ぼんやりと清の言葉を聞き流していた直久の頬に、さっと緊張が走った。明後日の方を向いていた目がこちらを向く。やはり熱があるのか目の周りが赤い。それでいて、こんなときばかり正嗣の眼光を彷彿とさせるほど視線が鋭かった。

「……父が？　そう言ったのか？　君たちの前で？」

鬼気迫る表情に怯んで、清はうろうろと目を泳がせる。

「あ、いえ、正確には……正嗣様が、きっと旦那様も直久様に跡を継いでほしいと思っているだろう、と……」

張り詰めていた直久の顔が弛緩した。脱力したように壁に寄りかかり、そう、と呟いて目を閉じる。

「正嗣が勝手にそう思っているだけで、父が直接口にしたわけじゃないんだな……」

「だ、旦那様は、きっと無理強いをしたくなくて……」

「それも正嗣が言ったんだろう」

清の言葉を遮り、直久は短く溜息をついた。

「父は最初から僕になんの期待もしていないよ。正嗣のように恵まれた体軀もないし、体だって弱い。堂々とものを言うこともできないし、周囲を納得させるだけの威厳だってない。でも正嗣はそういうものを全部持ってる。子供の頃から完璧だった。きっと父は、正嗣が跡を継ぐのを望んでる……」

正嗣と直久の言葉は微妙に嚙み合わない。どちらが正しいのかも謎だ。正嗣たちの父親が実際は何を考えているのかなど、清には輪をかけてわからなかった。

「直久様は、直接旦那様にお尋ねになったことがあるんですか……？　直久様と正嗣様のどちらが家を継ぐべきか……」

直久は目を見開くと、清に体を向け苛立ったような口調で言った。

「聞けるわけないじゃないか、そんなこと……！」

こちらを睨む直久の目の奥で、相反する感情がぐらぐらと揺れている。

聞きたい、聞きたくない。望まぬ答えが帰ってきたらと思うと怖い。

もしかしたら、でもやっぱり。期待と諦めが揺れている。清にとって、あまりにも覚えのある感情だ。

直久は奥歯を嚙むと、ぱっと清から顔を背けた。

「……すまない。もう出ていってくれ」

「あ、あの……」

「早く！」

清はあたふたと立ち上がって部屋を出る。廊下に膝をつき、いったんは襖を閉めたものの、すぐには立ち去れず膝の上で拳を握りしめた。

部屋の中からはなんの物音も聞こえない。迷った末、清は消え入るような声で襖の向こうに話しかけた。

「前に、正嗣様が子供の頃の話を聞かせてくれました。着物の柄が決められなくて泣いていたら、直久様が一緒に選んでくれたと……」

伝わるだろうか。焦ってしまって掌に汗をかく。

「あの、ですから……正嗣様だって、最初から完璧だったわけではないと思うんです。ようやく決めた反物もなかなか旦那様に手渡せず、直久様に背中を押してもらってやっと渡せたとも言ってらっしゃいました。今、正嗣様が堂々と発言できるようになったのは、そうやって直久様が背中を押してさしあげたからではないかと……」

直久はまるで自分自身が何もできないように言っていたが、幼い正嗣の手を引いて導いてきたのはきっと直久だ。もっと自分に自信を持ってほしい。使用人たちも、直久は体が弱いことより気弱であることの方が問題だと言っていた。

「みんな、直久様が声を上げてくれるのを待っていると思います。旦那様だって……」

なんとか最後まで続けてみたものの、正嗣たち父親のことをよく知らないのでどうしても語尾が尻すぼみになってしまう。襖の向こうからも、なんの反応も返ってこなかった。

これ以上はかける言葉も見つからず、清はすごすごとその場を離れた。

階段を下りながら、余計なことを言ってしまったと項垂れる。以前顔を合わせたときは温和そのものだった直久が声を荒らげるなんて。

つい、期待と諦めの間で揺れる直久と自分を重ねてしまった。

しかし直久の場合は「自分が跡を継ぐ」と本人が宣言すれば万事解決するのだ。周囲に反対する人もない。

望みを言葉にしたところで叶う見込みもない自分とは違う。そう思うともどかしく、余計な口を挟まずにはいられなかった。

とぼとぼと一階の廊下を歩いていたら、玄関先で物音がした。

正嗣だろうか。最近は夕餉の時間に間に合うように帰ってくる。直久のことを相談したくて足早に玄関先に向かったが、そこにいたのは正嗣ではなく使用人の男性だ。三和土で草履を履こうとしていた相手は清を見て、「いいところに」と顔をほころばせた。

「今しがた雨が降ってきたから、正嗣様をお迎えに行こうと思ってたんだ。もう家の近くまで来てらっしゃるだろうから」

相手は草履を脱ぐと、上がり框にいる清に傘を手渡してきた。

「どうせだったらあんたが迎えに行ってやんな。そっちの方が正嗣様も喜ぶだろ」

反射的に傘を受け取ってしまい、一拍置いてから清は跳び上がった。

「ぼ、僕が……!? ひ、一人でですか？」

「小僧じゃないんだ、迎えくらい行けるだろう？ 玄関を出て、右にまっすぐ歩いていけばそのうち大通りにつく。途中で正嗣様に会えるだろう」

行き違いになったら帰ってきな、と気楽に言って、相手は家の奥へ戻っていった。

静まり返った玄関先には、薄く雨の音が響いている。

清はごくりと唾を飲むと、土間に残されていた草履を履いて玄関の戸に手をかけた。正嗣に傘を届けなければ。

からからと軽い手応えで戸が開く。雨に濡れて黒く光る敷石を踏んで外門の前に立つが、そこに外へ出て行く者を監視する門番の姿はない。

（……遊郭じゃないんだ）

そんな当たり前のことを、今更のように実感して溜息を漏らした。

これまでも当たり前に屋敷の玄関の鍵は開いていたし、離れの裏の木戸からだって簡単に外に出ることはできたが、一人で外に出ようなんて思いつきもしなかった。遊郭にいた頃は許されるはずもないことだったからだ。

念のため玄関を振り返ってみるが、追いかけてくる者は誰もいない。

外門まで歩いてきていた清は、ようやく傘を開くとおっかなびっくり門の外に出た。

雨の交じった風に傘が煽（あお）られ、心許（こころもと）ない気持ちで柄を握りしめる。体が安定感を失って、このまま飛ばされてしまいそうだ。一人で外を歩いているなんて信じられない。

右手に羽田家の生け垣を見ながら歩き続けるが足元が覚束ず、まっすぐ歩いているつもりで蛇行してしまう。鼓動を速める心臓を宥めて歩いていると、ようやく生け垣が途切れた。ここを右手に折れて垣根沿いに進んでいくと、離れの裏木戸があるはずだ。

右手の道を覗き込み、外から見るとこんな感じなんだな、と思っていたら、外灯もない分厚い闇の向こうからくぐもった声がした。

「こんなお屋敷に住んでるなんて、どんな相手なんだかなぁ」

「遊郭から身請けしたんだ、そりゃ相当な美人だろうよ」

思わず足を止める。今、遊郭と言ったか。

（僕のこと……？）

男たちの声は大きく、呂律(ろれつ)も回っていない。酔っ払いか。

なぜ彼らは自分の存在を知っているのだろう。羽田家の次男が遊郭から身請けをしたという噂がもう近所に出回っているのか。立ち尽くしていると、暗がりの向こうから千鳥足の男が二人歩いてきた。傘も差さず、肩先が雨で濡れている。清に気づくと、おや、というように眉を上げた。

「なんだ、坊主？　俺たちの声がうるさかったか？」

無言で首を横に振って道を開けたが、男たちはにやにやと清に近づいてくる。

「この家の人間か？　酔っ払いがうるさいから様子を見に来たか」

「いえ、僕は、たまたま通りかかっただけで……」

「なあ、この家に、遊郭から来た美人がいるんだって？」

清の言葉など端からまともに聞くつもりもないのか、男二人は酒臭い息を吐きながら清を道の端に追い詰めてくる。

「どんな様子だ？　一人で外に出ることなんてあるのか？」

「ど、どうしてそんなことを……？」

「ご主人から頼まれたんだよ。酒をおごるから日中の様子を見てきてほしいって」

「もう日中って時間じゃないけどな！」

「だって様子を見るばっかりじゃなく、あんな悪趣味な仕事まで押しつけられたんだぞ」

男たちが肩を寄せ合ってゲラゲラ笑う。だいぶ酔っているようだ。

清は強張った顔で二人を見上げて動けない。主人、とは誰だろう。考えがまとまるより先に、男に腕を掴まれた。

「なあ、その傘貸してくれよ。急に降られてびしょ濡れだ」

無遠慮な力と、大きな声、鼻先に迫る酒の臭い。

正嗣は基本的に晩酌をしないので、酔った相手と接するのは久々だ。妓楼にいたときは毎日のように相手をしていたはずなのに、腕を掴まれた瞬間ざっと全身に冷や汗をかいた。

（あれ、なんで――……）

妓楼全体に満ちていた喧騒と酒の臭いがわっと全身に迫ってくるようで、膝ががくがくと震えだした。懐かしい、とは思えない。ただ恐ろしい。一度は逃げ出したあの場所が、再び目の前に立ち現れたような錯覚に悲鳴を上げそうになった。

酔った男が清の手から傘を奪い取ろうとする。怯えて指先を緩めそうになったが、正嗣を迎えにきたことを思い出して傘の柄を握りしめた。自分が濡れるのは構わない。でもこれは、正嗣のための傘だ。

「なんだよ、離せ！」

相手が声を荒らげ、びくりと肩を震わせたそのときだった。

「何をしている」

傘を叩く雨音を押しのけるように、背後から低い声が響いてきた。

清が振り返るより先に、男たちの顔にさっと緊張が走った。清の背後に目を向けたまま、ぎこちない動きで傘から手を離す。

清も傘を傾けて振り返る。夜道の向こうに立っていたのは、正嗣だ。大きな体に黒い外套をまとい、軍帽のつばから雨を滴らせてこちらを見ている。

軍服姿の正嗣に怯んだのか、酔っ払いたちはそそくさとその場から立ち去っていった。

正嗣は二人が道の向こうに消えるのを横目で見て、まっすぐ清のもとへやってくる。

「清、どうして外にいる？　あいつらは誰だ？」

身を屈めて傘の下を覗き込んだ正嗣が目を瞠る。清がカタカタと体を震わせていることに気づいたようだ。縋りつくように傘の柄を握りしめている清を見て、「俺が持つ」と清の手に手を重ねた。

雨に濡れた正嗣の手は、それでもなお清の手より温かかった。強張っていた指先に血が戻るようで、傘を手渡しながら口を開く。

「雨が降ってきたので、正嗣様を、お迎えに……」

「わざわざ迎えにきてくれたのか。すまんな」

清の体が傘から出ないように、正嗣はしっかりと清の腰を抱き家に向かって歩き出す。

清も珍しく自分から正嗣にしがみつき、濡れた外套に顔を寄せた。

「さっきの人たちは、夜道でたまたま……」

「絡まれたのか。災難だったな」

身を屈め、正嗣は清の肩を抱き寄せる。その手の強さから、心底こちらを案じてくれているのが伝わってくる。緊張で強張っていた体の芯がほどけていくようで、清は白い息を吐いて正嗣の身に寄り添った。

家に戻ると、手拭いを持った女性の使用人が二人を出迎えてくれた。

「あらあら、清が迎えに行ってくれたんですか。正嗣様はびしょ濡れですね、先にお風呂に入られますか？」

「俺は大して濡れてない。それより清の着替えを用意してくれ」

「清こそほとんど濡れてませんよ。正嗣様は早くその外套を脱いでください」

髪に白いものが交じり始めている使用人はこの屋敷に勤めて長いのか、まるで正嗣を子供のように扱う。正嗣も素直に言うことを聞くのだから、この家は家族と使用人の距離が近い。

穏やかな雰囲気に息をついたそのとき、背後で玄関の戸が開く音がした。清たちの到着から少し遅れて玄関の戸を潜ったのは、久しぶりに顔を合わせた正嗣の父、一成(かずなり)だった。

「あら旦那様、お帰りなさいませ。旦那様も雨に降られましたか」

一成は喉の奥で低く唸るように返事をして、着物の裾から水を滴らせながらまっすぐ土間を歩いてくる。邪魔にならぬよう、清は慌てて土間の隅に寄った。正嗣も同じように一歩下がり、一成に先を譲る。

「こんな時間にお戻りとは珍しいですね」

正嗣が声をかけると、一成がちらりとこちらに目を向けた。

「外で人と会う約束をしていてな」

「もうお済みですか」

ああ、と短く答えた一成の視線が、一瞬だけ清の方に流れてきた。鋭い眼光にぎくりとしてとっさに目を伏せ、挨拶をすべきだったかと遅れて気づいて頭を下げたが、再び顔を上げたときにはもう、一成は玄関から立ち去った後だった。

「清？　どうした」

正嗣に声をかけられ我に返る。なんでもありません、と首を横に振ったものの、胸を掠めた考えに意識を奪われ、受け答えが上の空になった。

どうしてだろう。夜道で遭遇した酔っ払いたちの言葉が、今になって引っかかる。

（主人に頼まれて僕の様子を窺いにきたって言ってたけど、主人って……まさかこの家の主人？）

離れに戻ってきた清は、正嗣の着替えを手伝うとすぐに台所へ向かった。少し一人で考えをまとめたかった。

（一成様は日中いつもお店にいるし、僕の様子がわからないから調べさせたのかも）

息子が内縁の妻にと連れてきた相手だ。初対面では「戯言を」と一蹴されてしまったが、正嗣が長く清を手元に置いているのでさすがに無視できなくなったのかもしれない。

物思いに沈んでいたら勝手口の向こうで物音がして、びくりと肩を震わせた。

息を詰めて耳を澄ませてみたが、雨音ばかりが耳につく。気のせいだろうか。酔っ払いに絡まれて、神経過敏になっているのかもしれない。

一度は無視しようとしたがやはり気になって、清はそっと勝手口の戸を開けてみた。冷えきった台所に雨交じりの冷気が流れ込んできて肩を竦める。次いで生臭い空気が鼻先を過って、ぎくりと体を強張らせた。

覚えのある臭いだ。清はそぼ降る雨の中、勝手口を出て裏木戸に向かう。まさかと思いながら暗がりに目を凝らせば、裏木戸の前に何かが転がっていた。

生臭い、血の臭い。裏木戸の前の水たまりに体を半分沈めているのはネズミか。よく見えないが、多分今回も、首がない。

「清、雨もやんでいないのに何をしてるんだ？」

部屋着に着替えた正嗣に勝手口から声をかけられ、弾かれたように背後を振り返る。慌てて正嗣に駆け寄り「なんでもありません！」と言ってみたが、正嗣は怪訝そうな顔だ。

清が立ち尽くしていた裏木戸に目を凝らし、すぐに小さく息を呑んだ。

正嗣は清の肩に手を添え台所に入れると、代わりに自分が外に出た。水たまりを踏む音に続いて、裏木戸の開く音がする。死骸を敷地の外に捨てたのだろう。

清はなす術もなく台所に立ち尽くす。

裏木戸でネズミの死骸を見つけたのはこれで二回目だ。最初は使用人たちの嫌がらせだと思ったが、彼らから気さくに声をかけられるようになった今、その確信は揺らいでいる。

前回は正嗣や一成がいない時間に死骸を発見した。あの時間帯に家にいた直久の仕業では、と思ったこともあったが、それもわからない。たとえ家にいなくとも、行きずりの誰かに頼めば裏口にネズミの死骸を投げ込むことくらい簡単だと気づいてしまったからだ。

外で手を洗ってきた正嗣が勝手口から台所に入ってくる。その肩先が湿っているのに気づき、慌てて部屋に戻って手拭いを探していると正嗣も茶の間に入ってきた。

「……清、さっきのあれは？」

正嗣のもとに歩み寄った清は、なんと答えればいいのかわからず俯いて手拭いを手渡す。

正嗣も手を伸ばしたが、指先は手拭いをすり抜けて清の手首を摑んだ。

「こういうことは、初めてではないのか？」

とっさに否定できなかった。言葉を詰まらせたのが答えのようなもので、正嗣の眉間に寄った皺が深くなる。

「なぜ言ってくれなかった？」

「正嗣様のお耳に入れるほどのことでもないかと……」

「刃物で首を落とされたネズミの死骸が放り込まれていたんだぞ。俺やお前に対する害意を持った人間がいるとしか考えられない」

「そんな、害意を向けられるとしたら僕です。それしか考えられません」

思わず言い返すと、手首を摑む正嗣の指先に力がこもった。

「どうしてそう言いきれる？　そう思うようなことが他にもあったのか？」

「そういうわけでは……」

「使用人たちからも、最初は冷遇されていたんだろう？」

平静を装おうとしているのに、正嗣は簡単に清の平常心を突き崩してくる。驚いて目を上げれば、正嗣の顔に苦々しげな表情が浮かんだ。

「……兄から聞いた。どうして俺には言ってくれなかった？」

「それは、正嗣様に心配をかけたくなくて……」

「俺にも相談をしてほしかった。俺は頼りがいがないか？」

思いがけない問いかけに言葉を失った。そもそも直久とそんな話をしたのだって、こちらから相談を持ち掛けたわけではない。そういう現場を直久に見られてしまったというだけのことだ。

正嗣は清の顔を見詰め、力なく呟いた。

「お前を無理やりこの屋敷に連れてきた俺なんて、信用されるはずもないな……」

「し、信用は、してます！」

思わず声を荒らげると「本当か？」と至近距離から目を覗き込まれた。

信用している。したい。

でもときどき不安になる。

正嗣は自分を好いていると言ってくれたが、なぜ自分のことなんて、と思うときは確かにある。直久の言葉も頭から離れない。正嗣が男の清を内縁の妻に迎えるなんて酔狂な真似をしたのは、直久を次期当主に仕立て上げるためではないか。少なくとも直久や、親族の男たちはそう信じていた。

清も少しだけ、そうなのではないかと思っている。

迷って視線が揺れる。そしてそれを、この距離で正嗣が見逃すはずもない。

清の手首を摑んだまま、正嗣は掠れた声で囁いた。

「……さっき外に出ていたのは、この屋敷から逃げようとしたからではないな？」

「違います！」

逃げるわけがない。この屋敷を出たら自分が行きつく先など遊郭くらいだ。

酒の臭いと白粉の臭い、罵声と嬌声、夜ごと繰り返される狂騒と、座敷の隅で泣く遊女たち。酔っ払いたちから漂ってきた酒の臭いなど嗅いだせいか、かつてなく鮮明に遊郭の情景を思い出してしまった。

小さく震える清に気づいたのか、正嗣が清の肩に手を添えてくる。

「体が冷えたか？　雨に打たれたんだ、お前も着替えた方がいい」

そう言って、正嗣は清を隣の部屋に連れていってくれた。肩に置かれた手は相変わらず温かかったけれど、互いの間にわずかな隙間のようなものが生じたことを清は察する。

（正嗣様は、本当に僕を伴侶にするつもりですか？　いっときではなく、一生？）

一言そう尋ねればいいことはわかっている。正嗣はきっとしっかり頷いてくれるだろう。そうしたら後は、信じるための一歩を踏み出せばいいだけだ。

わかっていても足が竦む。信じたそれがまやかしで、踏み出した先が断崖絶壁だったらどうしたらいい。思いきって尋ねてみたはいいものの、困ったように言葉を濁されてしまったら、その瞬間に正嗣との生活は終わってしまうかもしれない。

そんなことにはなるはずがないという期待と、そうなってもおかしくないという諦め。

明確な答えを求めなければ、期待と諦めを両手にぶら下げたやじろべえは、どちらに傾くこともなく揺れ続ける。

（……直久様には、『みんな直久様が声を上げてくれるのを待っていると思います』なんて言ったくせに）

大事なことほど、言葉にするのに途方もない勇気がいる。

偉そうなことを言った自分を、清は深く反省した。

首を落としたネズミの死骸を裏木戸から敷地内に放り込んだ犯人は誰なのか。

正嗣が結論を出すのは早かった。

「俺を次期当主に推している親族たちだろう。以前、俺のいない間に勝手に離れに入り込んで、清をどこかに連れ去ろうとしていたくらいだからな」

確信をこめて言いきった正嗣は、翌日から仕事帰りに疑わしき親族の家を訪れ、一軒一軒抗議をして回るようになった。

当然のことながら親族たちは「知らない」「私たちのしたことじゃない」の一点張りだ。

正嗣は犯人捜しというより牽制の意味をこめているようで、片っ端から親族の家を回り続けた。おかげで帰る時間は遅くなり、連日深夜に疲れ果てた顔で離れに戻ってくる。そんな状況なので清もなんだか話しかけづらく、最近は正嗣との会話も減った。

直久は清と会話をした後また寝込んでしまったらしい。二階の私室にこもったきり、ここ数日顔を見ていない。自分が余計なことを言ったせいかと思うと清も気がふさいだ。

離れにネズミの死骸が投げ込まれたことは使用人たちにも周知され、ときどき男衆が家の周りを見回ることになった。気味が悪い、誰がこんな真似をと使用人たちの間でも噂が立つ。

正嗣は親戚連中の仕業だと信じ込んでいるようだが、もしかすると一成が仕組んだことではないかと清は思っている。

その理由が、素性の知れない清を屋敷に置いておきたくなかったからならばまだいい。そうではなく、正嗣を次期当主にと考えてのことだったら。

それはつまり、兄弟のどちらに家督を譲るかこれまで明言してこなかった一成が、いよいよ腹を決めたということになる。

そうと知ったら直久はどんな顔をするだろう。前回見た自暴自棄な姿を思い出すと、もう二度と直久が自室から出てこなくなってしまう気がして不安になった。

自分がこの屋敷に転がり込んできたせいで、ぎりぎりのところで均衡を保っていた羽田家の平穏を崩してしまった気分だ。自分はここに来るべきではなかったのではないか。そんな考えすら頭を掠めるようになったある晩のこと、急に母屋の方が騒がしくなった。

もうすっかり夜も更け、清は寝間着に着替えていた。今日も今日とて夜分遅くに帰ってきた正嗣を出迎えたところで、椿の垣根越しに母屋の明かりが一斉につくのが透かし見えた。

異変を感じたのか、外套を清に手渡した正嗣が母屋に取って返す。ほどなくして戻ってきた正嗣は、張り詰めた表情で清に告げた。

「店で騒ぎが起きているらしい。俺も様子を見てくる」

「え……っ、お店って、あの呉服屋さんですか？」

「ああ、酔っ払いだか強盗だかよくわからんが、とにかく柄の悪い連中が店に押しかけて中で暴れているそうだ。あちらには父もいるし気になる」

突然のことに動転しつつも、清は脱がせたばかりの外套を再び正嗣の肩にかける。

「あの、くれぐれもお気をつけて……！」

「お前こそ、しっかり戸締まりをして外には出るなよ」

渡り廊下まで見送りに出た清に「先に休んでおいてくれ」と言い残し、正嗣は廊下を走っていってしまった。

母屋の方からは慌ただしい人の気配が漂っていたが、しばらくするとそれも落ち着いた。騒ぎの規模もよくわからないので、家の男性陣は軒並み店に向かったらしい。母屋に残っているのは女性陣と、自室で寝込んでいる直久くらいだろう。

清は寝室に布団を敷いたものの、ざわざわと胸が騒いで休む気になれない。だからといって何ができるわけでもなく茶の間を歩き回った後、茶簞笥から小さな砂糖壺を取り出した。

座卓の前に腰を下ろして壺の蓋を開け、中から一粒金平糖をつまみ上げる。

正嗣は今も必ず出がけに清へ金平糖を手渡してくれる。この調子では小さな壺がいっぱいになるのも時間の問題だ。

ここ数日、正嗣がいないときはこの壺を取り出し、ぼんやり金平糖を眺めるのが習慣になった。そうしながら、今日はいい日だ、と何度も呟いてしまうのは、自分にそう言い聞かせていないと不安になってしまうせいかもしれない。

つまんだ金平糖を砂糖壺に戻す。からん、と乾いた音がして、清は座卓に突っ伏した。

（……正嗣様、大丈夫かな。無事に帰ってきてくださるかな）

正嗣は軍人なのだし、巷の暴漢が束になって襲いかかってきたとしても返り討ちにしてしまいそうだが、それでも心配なものは心配だ。

薄暗い部屋でじっと正嗣を待っていると、悪い想像ばかりが膨らんで押しつぶされてしまいそうになる。何度打ち消しても浮かんでくるそれを無理やり頭の外に蹴り出して、清は座卓の上できつく拳を握った。悪い想像と一緒に、弱気な自分も蹴り上げる。

ここ数日胸の内を占めていた迷いにけりをつけるとしたら、きっと今だ。

正嗣が無事に帰ってきたら、向かい合ってきちんと話をしよう。

（僕はこの先もずっと、伴侶としてここで正嗣様を待ち続けていいのか、聞いてみよう）

ずっと避けていた話題だが、これ以上先延ばしにするのはよくない。もし正嗣が怪我などしてその身に万が一のことがあったら、もうゆっくりと話をすることもできないのだから。

そうでなくとも正嗣は軍人だ。平時の今だからこそ連日そばにいてくれるが、いざ戦が起きればいつ帰ってくるとも知れない身の上である。そして戦は今回のように、前触れもなく突然に始まるかもしれないのだ。

何も尋ねないまま正嗣を遠くに見送るようなことになったら、きっとひどく後悔する。こんな状況下でなければ心を決めることができなかった自分が情けなくもあるが、迷いを吹っ切れただけでもよしとすべきか。

清はときどき立ち上がって母屋の方に耳を澄ませたり、砂糖壺の蓋を開けて中を覗いてみたり、行灯の火を眺めたりして、じりじりした気分で正嗣を待つ。

そうやって、どれくらい時間が過ぎた頃だろう。

ガタガタと勝手口の戸が揺れて、清はふと顔を上げる。いつの間にか風が出てきたらしい。椿の生け垣もざわめいているようだ。

正嗣が出ていってからだいぶ経ち、夜もすっかり深まった。ここから店までは歩いて三十分程度だ。さすがにそろそろ帰ってくる頃か。手慰みに金平糖の入った砂糖壺を手に取ったそのとき、ガタッと勝手口の方で音がした。

清はとっさに砂糖壺を握りしめる。風が戸口を揺らしたにしては重たい音だった。しばし耳を澄ませてからそろりと立ち上がり、足音を忍ばせて台所に向かう。

行灯の光は台所まで届かない。暗がりに視線を配り、息を殺して土間に下りた。外の様子も見ておくべきか。事ここにきて、自分がまだ片手に砂糖壺を握りしめたままであることに気づく。うっかり落とさぬよう左手で壺を握り直し、勝手口を開けようとした右手が空を掻いた。それより先に、外から誰かが勢いよく戸を開けたからだ。

声を上げる暇もなく、戸の外に立っていた人物が台所に押し入ってくる。我に返って大きな声を上げようとしたら掌で口をふさがれた。

暗がりの中、ギラリと光るものを顔に近づけられる。長い刃物は、鉈(なた)だ。

「――大人しくしろ！」

押し殺した声を耳にした瞬間、清は大きく目を見開いた。あまりにも聞き覚えのある声だったからだ。

黒い着物を着て手拭いを頬被(ほおかぶ)りにした男に体を押された清は、足元をもつれさせ土間に尻もちをついてしまう。

男もその場に膝をつくと清の喉に鉈を当て、顔を覆っていた手拭いを取った。

茶の間から淡く届く行灯の光が相手の顔をわずかに照らす。半ば呆然とその顔を見上げていると、相手が口を歪めるようにして笑った。

「久しいな、清」

低くしゃがれた声に、深い皺の刻まれた口元。すっかり白くなった髪。

土間に座り込んだ清に刃物を向けているのは、かつて清が身を寄せていた三野屋を取り仕切っていた楼主だった。

清は立ち上がるのも忘れ、小さく唇を動かした。

「ど、どうやって、ここに……」

「どうもこうも、身請けした相手の屋敷くらい把握しているに決まってるだろうが。裏木戸からで悪いが、ちょいと邪魔させてもらったよ」

軽く息を乱しながら、楼主は手にした鉈を清の頬に押し当てる。

少し前、外から響いてきた妙な音を思い出して息を呑んだ。戸口が揺れたにしてはやけに重たく大きいあの音は、裏木戸を鉈で壊す音だったのか。

「げ……玄関から、回れば、戸なんて壊さなくても……」

目の前に楼主がいることも、自身に刃物が向けられていることも上手く理解できないまま切れ切れに呟くと、楼主がくっと喉を鳴らした。

「正面から入れるわけがないからわざわざ戸口を壊してきたんだろう。お前、どうして俺がここにいるのかまだわからないのか？　お前を連れ戻しに来たんだよ」

楼主を見上げ、清は何度も目を瞬かせる。何を言われているのかよくわからない。

鉈の峰でひたひたと清の頬を叩き、楼主は目尻を下げた。

「お前は見た目ばかり朝露に似て、あの女の狡猾さは少しも受け継がなかったな。だが本当に、美しく育った」

刃物を向けられていることより、楼主から注がれる偏執的な視線に怯えて体が強張る。土間の床から這い上がってくる冷気に足首を掴まれ、身じろぎすることもできない。

「なあ、清。遊女が孕んだらどうなるか、お前ならわかってるだろう？」

妓楼にいた頃は耳にしたこともなかった猫撫で声で尋ねられ、清は震えながら微かに頷く。子供が腹に入っていては客が取れない。妊娠がわかれば強制的に堕胎させられるのが普通だ。本人がどれほど抗っても避けられない。

「そうだよなぁ？　それなのにお前は生まれた。どうしてだと思う？」

清の目を覗き込み、楼主は自らその問いに答えた。

「俺が朝露に心底惚れてたからだ。借金しながら妓楼に通うようなうだつの上がらねぇ男に血迷って身ごもった朝露を、それでも見捨てられなかった」

本来ならば生ませる義理もないが、楼主はそれを許した。それどころか、客もとれない朝露が出産するまでの面倒を手厚くみた。もちろん、朝露のもとに通っていた男は二度と店に入れず朝露から遠ざけた。遊郭の大門を潜ることすら禁じる徹底ぶりだった。

朝露に、こちらの懐深いところを見せたかったのだ。子供が無事に生まれたら、自ら朝露を身請けして所帯を持とうと持ちかけるつもりでいた。

それなのに、どこかから朝露が子供を産んだという噂を聞きつけた朝露の恋人が、夜陰に乗じて三野屋に忍び込んできた。

当時を思い出したのか、楼主はくつくつと泥が煮えるような声を立てて笑う。

「馬鹿な野郎だ。遊女をたぶらかした客がどうなるか、知らなかったわけじゃないだろうに」

まだ手にしたままだった砂糖壺を、清は両手で握りしめる。会ったこともなければ名前も知らない父親の話を、こんなふうに耳にすることになるなんて夢にも思わなかった。

「……その人は、どう、なったんですか？」

楼主が片方の眉を上げる。言わせるのか、とでも言いたげに。

「まさか、死んで……？」

「それ以外にどんなふさわしい制裁がある」

遠回しに肯定され、全身から力が抜けた。

「死体を処理していたら朝露に見られた。半狂乱になるかと思ったが、骸を見てもあいつは取り乱さなかった。子供を産んで男に対する執着も消えたか、なんて考えてたんだが、甘かったな。その日のうちに自分の部屋で首くくって死んじまったよ」

あまりにも惨い両親の最期に声を失う清を見下ろし、楼主は細く長い溜息をつく。

「後に残ったのはお前だけだ。忌々しいガキだと思ったが、一縷の望みをかけて生かしておいたのは正解だったな。お前は男だが、俺が見込んだ通り朝露そっくりに育った」

楼主の手が伸びてきて、硬直する清の頬に触れる。指先は耳裏に移動して、清の襟足をさらりと撫でた。

「髪は残念だったが、待てばそのうち伸びるもんだ。かもじをつけたっていい」

首筋を撫でられ、かちかちと奥歯が音を立てた。その音に合わせるように半端に開いていた勝手口の戸もガタガタと風で揺れ、楼主の表情に緊張が走る。

「あまり悠長にしてられねぇな。呉服屋で暴れてる連中が取り押さえられる前にずらかるか」

鉈の先を清に向けたまま立ち上がった楼主を見上げ、清はゆっくりと目を見開いた。

「まさか、お店で暴れてる男たちって、楼主が……」

思えば遊郭にいた頃も、楼主は評判のいいよその妓楼に質の悪い酔っ払いを送り込んで店先で暴れさせたりしていた。あれと同じことをしたのか。

否定もせず、ふん、と鼻を鳴らした楼主に清は重ねて尋ねる。

「もしかして、敷地にネズミの死骸を投げ込んだのも、酔っ払いに頼んで僕の様子を窺わせたのも……⁉」

楼主は開き直ったような顔で「そうだとも」と言ってのけた。

「急にこんな場所に連れ去られて、よっぽど窮屈な思いをしただろう。この屋敷から逃げ出したくなったら手を貸してやろうと思ってずっと様子を窺ってたんだ。ネズミの死骸を見て、使用人たちの仕業だとは思わなかったか？　心細くて帰りたくなっただろう？」

楼主の言っていることはめちゃくちゃだ。帰りたいなんて思ったことは一度もない。ましてや、ネズミの死骸を投げ込んでくるような人のもとに戻るなんてまっぴらごめんだ。

青ざめる清に、楼主はことさら優しい声で言った。

「お前のことが心配だったんだ。わかるだろう……？」

汗ばんだ掌で頬を撫でられ、ぞっと背筋に鳥肌が立った。思わずその手から顔を背けると、舌打ちとともに乱暴に腕を摑まれる。

「さあ、来い！　店に戻るぞ！」

無理やり立たされ、強引に腕を引かれて勝手口に向かう。足がもつれて転びかけ、弾みで手の中から砂糖壺が滑り落ちた。

土間に壺が落ちて蓋が外れる。割れることこそなかったが、中から金平糖がこぼれて辺りにばらまかれた。楼主に草履で金平糖を踏みつけられ、ああ、と悲痛な声が漏れる。

妓楼の中庭で最初に咲いた梅の花。梅雨時の分厚い雲の隙間から見えた青い空。座敷の隅で見つけた金平糖。

他愛もない、小さな喜びを見つけては、どうにかこうにか「今日はいい日だ」と口にしていたあの日々が蘇る。

そんなものを必死でかき集めたところで、「いい日」なんて一向に巡ってこないことくらい、本当は知っていたのに。

物心ついた頃から妓楼で暮らしていた清には、庇ってくれる親兄弟もいなかった。妓楼で働く人間は男も女も自分のことで精いっぱいだ。

そんな中、少しでも味方を増やすため、清はいつも機嫌よく笑顔でいることにした。仏頂面でいるよりも、笑顔でいた方がまだ可愛げがある。

本当は、妓楼の生活に笑っていられるような余裕などなかった。飢えと寒さ、理不尽な暴言と暴力にさらされながら、それでも笑顔を作り続けるためには、無理やりにでも嬉しいことを見つけなければいけなかった。

嘘でも「今日はいい日だ」と自分に言い聞かせた。まやかしだ。でも他に逃げ込める場所もない。一生この場所で生きていくしかないのだと諦めて、妓楼の隅でいつもひっそり笑っていた。

（でも、もう無理だ）

膝が砕け、清は土間に倒れ込む。遊郭の中の世界しか知らなければ諦めることもできたかもしれないが、自分はもう、外の世界を知ってしまった。好きな人ができてしまった。

目を見開き、土間の冷たい床を見ているはずなのに、正嗣の顔が次々と頭の中で蘇る。視覚を通さず見えるこの姿は幻なのか、夢なのか。

記憶に刻まれた姿だ。きっと遊郭に戻っても生涯消えることはない。忘れられない。会えなくとも、正嗣を思い出せば幸せになれるだろうか。今日はいい日だと思えるか。いい日どころか、逆に辛くなるのは目に見えている。

「清！　とっとと立て、このグズ！」

楼主に乱暴に腕を引かれ、清は勢いよく顔を上げた。立ち上がり様、斜め下から楼主に体当たりをする。

不意打ちに楼主の体がぐらついて、清の腕を掴む手が緩んだ。その隙を見逃さず楼主の右腕に飛びつけば、楼主は清の力に振り回されてたたらを踏み、よろけて土間に膝をついてしまう。

楼主の手から鉈が滑り落ち、清は素早くそれを拾い上げた。

一瞬で立場が逆転して、土間にうずくまる楼主を清が見下ろす格好になった。

愕然とした顔でこちらを見上げる楼主は肩で息をして、清から距離を取ろうとじりじり後ずさりしていた。その姿を、清は信じられないものを見るような目で見下ろした。

子供の頃から楼主は妓楼で一番偉くて、怖い人だった。腕を掴まれれば振りほどくことなどできるわけもなく、上から頭を押さえつけられたら畳から顔を上げることもできない。清より声も体も大きくて、力では絶対に敵わないと思っていたのに。

圧倒的な強者だと思っていた楼主が、尻もちをついて口を半開きにしている。その姿は、痩せてみすぼらしい老人でしかなかった。そんなふうに思えたのは、この数日間、正嗣の大きな体を間近で見ていたせいかもしれない。

いつの間にか楼主は老いていた。代わりに清は多少なりとも背が伸び、小柄ながら腕力もついていたようだ。

（……気がつかなかった）

自分は非力で、無力で、遊郭から一生逃げられないのだと信じ込んでいた。けれどあの場所で足踏みしているうちに、清の心を置き去りに体はきちんと成長していたのだ。

清は強く鉈の柄を握りしめる。きっと少し前なら、楼主に引きずられるままこの屋敷を出ていっただろう。遊郭の中で生きていく方法しか知らないからと。

だがこの屋敷で、清はちゃんと自分の居場所を見つけることができた。正嗣や直久の口添えがあったとはいえ、周りからちゃんと受け入れてもらえる程度には働くことができた。

もしも正嗣から離れ、この屋敷を出ていくことになったとしても、もう遊郭には戻りたくない。遠くからこの屋敷を眺め、ひっそりと正嗣を思い出せるくらいの自由は欲しい。

それは清がかつて感じたことのなかった強烈な欲求で、胸の内で火の手のごとく燃え上がり、楼主に対する恐怖すらも焼きつくした。

「——僕はもう、三野屋には戻りません」

鉈を握り直した清を見上げ、楼主はごくりと喉を鳴らした。

「ま……待て、清……馬鹿なことを考えるんじゃない。そんなことをしたらお前も罪人だ、もうここにはいられなくなるぞ！」

「遊郭に戻るよりはましです……！」

清は何度も鉈を握り直す。

できることなら清だって他人を傷つけたくはない。楼主には黙ってこの場を立ち去ってほしい。どのくらい脅せば引き下がってくれるのか考えあぐねていると、楼主が声を張り上げた。

「ここで刃傷沙汰なんて起こしてみろ、この家の人間にも迷惑がかかるぞ！」

さすがに妓楼の主人なんて長年務めている男は他人の弱みを見抜くのが上手い。自分が罪をかぶるより、正嗣たちに累が及ぶ方が清をためらわせると瞬時に悟ったのだろう。清の顔に迷うような表情が過った一瞬の隙を見逃さず、楼主は素早く立ち上がると清の右肘を殴りつけた。

指先に痺れが走って鉈を取り落とす。それを拾い上げるより先に、楼主に横っ面を殴りつけられた。

「くそ……！　やっぱりお前は朝露じゃない！　お前みたいなガキ、朝露と一緒に埋めちまえばよかった！」

清の襟首を掴んだ楼主が再び腕を振り上げる。とっさに目をつぶったそのとき、勝手口を蹴破る勢いで誰かが台所に駆け込んできた。

「清！」

耳に飛び込んできたのは正嗣の声だ。目を開ける間もなく、楼主の手が清の襟元からむしり取られる。顔を上げた清が見たのは、正嗣の蹴りを胴に叩き込まれた楼主が台所の隅に吹っ飛んでいく光景だった。

かまどの脇に置かれていた桶に楼主の体が激突して、土間にけたたましい音が響く。正嗣は楼主のことなど眼中にもない様子で、一直線に清のもとに駆けてきた。

「清、大丈夫か！　どこか怪我は……！」

土間に転がる鉈に気づいたのか、正嗣の顔がさっと強張った。

清が何か答える前に、また別の誰かがバタバタと台所に駆け込んできた。

「正嗣様、裏木戸が壊されていましたが、一体何が……」

どやどやとやってきたのは、正嗣と一緒に呉服屋へ行った使用人たちだ。土間に膝をついた正嗣は清を胸に抱き寄せると、台所の隅で伸びている楼主を鋭く一瞥した。

「そいつの仕業だ。巡査が来るまで縛って庭にでも転がしておけ」

「わ、わかりました！」

使用人たちが慌ただしく楼主を引きずり離れを出ていく。裏木戸を抜けて玄関の方へ回ったようだ。遠ざかっていく足音を聞きながら小さく震えていると正嗣に尋ねられた。

「さっきのは三野屋の楼主だな？　呉服屋で暴れていた連中を取り押さえてみたら、一人が三野屋の楼主に頼まれたと言い出して慌てて戻ってきたんだ。まさかと思って裏口に回ってみたら裏木戸が外から壊されていたから、間に合わなかったかとゾッとした」

言いながら、正嗣が強く清を抱きしめてくる。力強い腕に安堵して、目尻にじわっと涙が浮かんだ。

「正嗣様、僕は……っ」

正嗣の胸に顔を押しつけ、清はくぐもった声で呟く。

期待と諦めがかわるがわる胸に湧き上がり、緊張で喉がふさがった。けれど今を逃したらもう二度と本心を打ち明ける機会などないかもしれない。楼主がこんな場所まで乗り込んできたおかげでようやくその事実に思い至り、清は勢いよく顔を上げた。

「僕、ずっと正嗣様のことが好きでした！　最初からずっと！　僕こそ正嗣様に一目惚れをしたんだと思います！」

突然の告白に正嗣が目を見開く。

離れを出ていったときと同じく軍服を着て軍帽をかぶった正嗣の姿が、妓楼の玄関先で

初めて見た姿と重なる。全員同じ服を着た集団の中でひと際目を引く長軀に、こちらを向いた端整な顔立ち。切れ長の目は鋭くて怖いくらいだったのに、どうしてか何度も頭の中でその凛とした佇まいを思い返してしまった。

「お座敷でも優しくて、この屋敷に来てからも僕の話にきちんと耳を傾けてくれて、ずっとそれが、嬉しかったんです。妓楼ではそんなふうに接してくれる人なんていなかったから……。だから、正嗣様が直久様に家督を譲るために僕を内縁の妻にする振りをしていたとしても構いません！　それを責めるつもりも毛頭ありません！」

目を丸くして清の話を聞いていた正嗣が、ますます大きく目を見開いた。

何か言おうと口を開いた正嗣を遮り、清は声を大きくする。ここまで来たら、思っていることはすべて伝えてしまわなければ。

「どんな理由であれ、正嗣様のおそばにいられて幸せでした！　だからできることならこの先も、どんな形でも構いませんから正嗣様のお近くにいたいです！」

「き……、清、待て、お前……っ」

大きな声でまくし立てる清にすっかり気圧されていた正嗣がようやく口を開いたところで、母屋に続く渡り廊下から複数の足音が聞こえてきた。

「やっと家に帰れたと思ったら、今度はなんの騒ぎだ」

低い声とともに離れにやってきたのは一成だ。その後ろには、ここ数日顔を見ていなかった直久の姿もある。今日もずっと臥せっていたのか、直久は寝間着のままだった。清は膝が震えていてまともに立つこともできなかったが、正嗣に支えてもらってなんとか茶の間に戻る。正嗣は清からぶつけられた言葉にまだ動揺を隠せていないようだったが、とりあえずは清を部屋の隅に座らせ、事の顚末を一成と直久に説明し始めた。

話が終わると、一成は清に目を向けることもなく低い声で正嗣に言った。

「遊郭から素性もわからない人間を連れてきたお前の責任だな」

清の傍らに膝をついていた正嗣は、神妙な顔で「申し訳ありません」と頭を下げる。

今回の一件は正嗣になんの非もないのに。反論したいが一成の威圧感はすさまじく、話に割り込むどころか身じろぎするのも憚られる雰囲気だ。一成の背後に立つ直久も、唇を引き結んで何も言わない。

「離れにそんな人間を置いておいて、この先どうするつもりだ。そろそろ身の振り方を考えろ」

一成の言葉に、清は全身を硬直させる。

この先どうする。それは清自身、何度も考えてきたことだ。

こんな事態を引き起こした直後だ。いよいよこの家から出て行けと一成自ら言い渡してくるのかもしれない。それも仕方ない。でも、自分はまだ一成や正嗣に対して、どうしたいのか伝えていない。直接想いを伝えられる機会があるとすれば、恐らくこの一度きりだ。

清は怯えて竦み上がる気持ちを蹴り出すつもりで腹に力を込め、畳に両手をついて頭を下げた。

「か、一成様……！」

名前を呼ぶだけでブワッと全身に冷や汗が浮いた。頭を下げてしまったので相手の顔は見えないが、何も言われずとも真正面から迫ってくる重圧感が途方もない。直久が一成に対して、自ら「跡を継ぎたい」と言い出せない理由がやっとわかった。

でも言わなければ。せめて自分の気持ちを全部口にして、それでも駄目ならそのときこそ諦めよう。

期待しているだけでは何も変わらない。動かなければ。

「ぼ……っ、僕は、生まれた場所は選べませんでした……！」

畳に顔を向けたまま声を張る。

遊郭から来た素性も知れない人間。あの場所で生まれた以上、自分は一生そう噂され続けるだろう。過去を今から変えることはできない。だからこそ、清は願わずにいられない。

「ですから、せめてこれからどこでどう生きていくかは自分で選びたく思っています！　どうかお願いします！　僕をこのお屋敷で奉公させてください……！」

無理は承知だ。期待よりも諦めの方が強い。でも言わずにはいられなかった。正嗣のそばにいられる可能性があるのなら、それがどんなに小さいものでも縋りたかった。

きっと正嗣を好きにならなかったら、自分からこんな無茶なことを言いだすことなんて一生なかったに違いない。

清は畳に顔を押しつけ、お願いします、と繰り返す。だが、一成からはなんの返答もない。

あまりに静かなので、まだこの場所に一成がいるのかどうかすらわからなくなってきた。清の言葉に耳を傾ける義理もないとばかり、とっくにこの場を立ち去っているのではないか。そんな不安に駆られていると、背中に大きな手が添えられた。

顔を上げると、傍らに膝をついた正嗣が清の背に手を乗せ、渋い顔でこちらを見ていた。不機嫌そうにも見えるその顔を見上げ、勝手なことを言って怒らせたかと思ったが、正嗣の口から転がり出たのは予想と違う言葉だった。

「どうして奉公なんだ。お前は俺の伴侶だろう」

「えっ、は、伴……？」

尋ね返そうとしたが、正嗣は清の背に手を添えたまま一成に顔を向けてしまう。

「身の振り方なら、もうお伝えしたはずです。俺は清を内縁の妻にします。他に伴侶はいりません。添い遂げられないのなら、今すぐにでも家を出ます」

堂々ととんでもないことを言う正嗣を見て、清はぽかんと口を開ける。

一成の前でまだそんな口が利けるなんて、正嗣の肝はどれだけ太いのだろう。本当に勘当などされたらどうするのだと青ざめていると、一成がぼそりと言った。

「そいつは男だろう。跡継ぎはどうする」

正嗣のそばにいるためならどんな努力も厭わないつもりでいたが、早々に努力ではどうにもならない問題を持ち出されてしまった。

これでは正嗣の心証が悪くなるばかりだ。撤回してください、と小声で正嗣に伝えようとしたら、一成の背後にいた直久が動いた。

直久は一成の傍らをすり抜けると、清の左隣、正嗣がいるのとは反対側に立って一成と向き合った。

「跡継ぎなら、僕が」

清だけでなく、正嗣も驚いた顔で直久を見る。二人の視線に気づいているだろうに、直久はこちらを見ることもなく、まっすぐに一成を見返して言った。

「僕がこの家を継ぎます」

驚愕に目を見開いた清や正嗣とは違い、一成は軽く眉を上げただけだった。

「跡を継ぐのか。こちらが用意した見合いの話を何度となく断ってきたお前が？　家は正嗣に継いでほしいと言っていた、お前が？」

一成の声は淡々として、言葉の裏にどんな感情が潜んでいるのかよくわからない。直久の言い分に呆れているようにも憤慨しているようにも、まるで関心がないようにも聞こえる。

直久は一瞬だけ怯んだような顔をしたものの、小さく息を整えると自身の胸元に手を当てた。

「清が生まれる場所を選べなかったように、僕も生まれる体を選べませんでした。ひ弱な体に生まれついてしまったからにはいろいろなことを諦めて、家のことも正嗣に譲るべきだと思っていましたが……」

言葉の途中で、直久がちらりと清に目を向ける。

「一生に一度くらい、我儘を言ってみたい気分になったんです」

そう言って、直久は清にしかわからないくらい微かに目を細めてみせた。

再び一成と向き合うと、直久は真剣な表情で続けた。

「この体でどこまでできるか不安はありますが、当主としてこの家を盛り立てていきたいと長年密(ひそ)かに思っていました。店のこともこれから勉強させてください。跡継ぎは僕に任せて、正嗣は好きにさせてやってくれませんか」

直久が深々と頭を下げても、一成は少しも表情を変えなかった。ただ、直久と正嗣、最後に清の顔を見て、ふん、と鼻から息を吐く。

「お前は見合いの話を片っ端から蹴ってきたからな。次の話がいつまとまるかはわからんぞ」

直久に向かってそう言い放つと、一成はその場にいた全員に背を向けた。

「とりあえず、次の縁談を探しておく」

それだけ言って、一成は茶の間を出ていってしまった。

大きな歩幅で歩く一成の背を見送った清は、脱力して畳に倒れ込む。それを見た正嗣と直久が慌てたように清の体を支え、「大丈夫か」「しっかり」と声をかけてくれた。

その声が思いがけず優しくて、畳に顔を伏せたまま、清は少しだけ涙を落とした。


程なく巡査がやってきて、簡単な聴取の後、楼主を連行していった。

清も少しだけ話を聞かれたが、巡査の応対は主に正嗣たちが母屋で引き受けてくれた。離れで待機していると使用人たちがかわるがわる清の様子を見にきてくれて、楼主に壊された裏木戸もしっかり直していってくれた。

正嗣が離れに戻ってきたのは、巡査も帰り、母屋の明かりも落ちた深夜のことだ。さすがにもう軍服の上着は脱いでいたが、シャツとズボンはそのままだった。

立ち上がって正嗣を出迎えようとすると、有無を言わさず抱きしめられた。

「……楼主の狙いはお前だったそうだな」

聴取の際に巡査から楼主の目的を聞かされたらしい。清は目を伏せて小さく頷く。

「僕というか、楼主は僕の母に執着していたようですが……」

「どちらにしろ、さらわれるところだったんだろう」

間に合ってよかった、と噛みしめるように言って、正嗣は清の顔を覗き込む。指先が伸びてきて清の頬に触れた。楼主に殴られた場所だ。

「……だいぶ赤みは引いたか」

「さっきまで冷やしていましたから」

清の頬が腫れているのに最初に気づいたのは直久だ。指摘を受けた正嗣は慌てふためいて、すぐに冷たい水で濡らした布を頬に当ててくれた。離れを出て行くときも「このまま冷やしておけ」と心配顔で言われたものだ。

正嗣は清の頬を指先で撫で、「兄が」とぽつりとこぼした。

「清に謝っておいてほしい、と言っていた。勝手な勘違いをしてすまないと」

「勘違い……？」

「兄に跡を継がせるために、俺がお前をかりそめの妻に仕立てたと思っていたんだろう？」

どきりとして視線が泳いだ。それは勘違いではなく事実ではないかと思ったが、正嗣はきっぱり「勘違いだぞ」と言いきった。

目を見開いた清を見下ろし、正嗣は眉間に皺を寄せた。

「……本当にそんな勘違いをしていたのか。どんな形であれここにいたい、なんて言いだしたからおかしいとは思ったが」

「だ、だって、そうでなければ数回顔を合わせただけの僕を身請けするなんて……」

「一目惚れだと言っただろう」

「それだって、わざと番頭さんに聞かせて周りに噂を広めるためじゃ……」

「兄がそう言ったから信じたのか？　俺の言葉は信じてくれないのか」

正嗣に傷ついたような顔をされてしまい、清はぐっと声を詰まらせた。

「そ、それに、ずっと布団が別々のままだったじゃないですか……！　やっぱり、正嗣様は男の僕とそういうことをするのは、お好きではないのかと……」

だんだんと小さくなっていく清の言葉を、「違う」と正嗣は重々しく否定する。

「そうじゃない。あのときは嫉妬に駆られて無茶をして、お前に負担をかけさせてしまっただろう。性急すぎたと反省したし、二度と同じ過ちを繰り返したくなかった」

正嗣は切なげに目を眇め、清の頬を指先で繰り返し撫でる。

「最初から、俺は客の立場を利用してお前に好き勝手してきたんだ。初対面のときだって無理やり座敷に上げて、逆らえないのをいいことに無体を働いた」

後悔を滲ませた顔で「すまん」と謝られてしまったが、あの日のことを思い出して申し訳ない気持ちになるのは清の方だ。客の座敷で飲み食いした挙句、自分ばかり気持ちよくなって眠りに落ち、朝まで布団まで使わせてもらったのだから。

焦る清を尻目に、正嗣は沈痛な面持ちで続ける。

「あの日まで、まさか同じ男に劣情を覚えるなんて夢にも思っていなかった。だからお前に触れたとき、全身の血がたぎるような気分になって驚いた。俺の膝の上で気をやったお前を見てかつてない充足感を覚えたときは——初めて銃を手にしたときを思い出した」

突然銃の話が飛び出して清は目を瞬かせる。

いや、この流れは初めてではない。前も急に正嗣が銃の話を持ち出したことがあった。長らく銃より剣の方が性に合っていると思っていたが、実際に銃を持ってみたらしっくりきて、自分が本来手にするべきはこちらなのだと腑に落ちた。そんなようなことを言われた記憶がある。確か、遊郭から羽田家に向かう馬車の中での会話だ。

あのときは正嗣が何を言おうとしているのかよくわからなかったが、ようやくわかった。長年正嗣は性的な対象を女性だと思い込んでいたが、実際に同性の清に触れてみて初めて男性が性愛の対象であると気がついたと、そういうことか。

だとしたら、正嗣は最初から清にきちんと胸の内を伝えようとしてくれていたことになる。譬(たと)え話がわかりにくく、清にはまったく伝わっていなかっただけで。

(じゃあ、最初から僕が素直に正嗣様の言葉を信じてさえいれば、何も不安に思う必要なんてなかったのでは……？)

理解したらもう正嗣に合わせる顔もなくなって、清は両手で顔を覆った。

「も、申し訳ありません。僕が勝手に勘違いを……！」

「いや、俺が急に事を進めすぎたのが悪い。お前の了承も得ず、妓楼からこの家に連れ帰ってしまったしな。信用してもらえないのも……」

「正嗣様を信用していなかったわけではなく……！」

顔を覆っていた手を下ろし、清は正嗣の言葉を遮る。勢いに呑まれたように口をつぐんだ正嗣を見上げ、少しでも本心が伝わるように言葉を探した。

「僕にとってここでの生活は信じられないくらい穏やかで、正嗣様と一緒にいられるのが嬉しくて……。まるで空から毎日雨みたいに金平糖が降ってくるようで、信じられなかったんです」

妓楼で必死に探してもなかなか見つけられなかったものが、惜しみなく降り注ぐ毎日だ。夢を見ているようだったし、いつか醒めるのならその心構えをしておかなくてはといつも思っていた。

真剣な表情で清の言葉に耳を傾けていた正嗣が、ふっと口元を緩めた。空から金平糖が降ってくるなんて子供じみた言い草だったかと恥ずかしく思っていると、頰に正嗣の指先が触れた。

「俺はお前を金で買った身だ。お前が大人しく俺の隣にいてくれるのは、妓楼に戻らず済むよう、俺の機嫌を損ねないようにしているだけではないかと思っていた」

まさかと反論しようとしたら、指先で顎を捕らわれ上向かされた。声を出すより早く唇を重ねられる。

言葉を失った清を見詰め、唇の触れ合う距離で正嗣は目を細めた。

「だからせめて、お前がこの家に馴染むまでは無理に手を出すまいと床も別々にしていたが……楼主の話を聞いて認識を改めた。ここから連れ去られそうになったとき、楼主に向かって鉈を振り上げたらしいな？」

清に刃物を向けられた。だから自分には情状酌量の余地があるはずだと楼主が巡査に訴えていたと聞き、清の顔から血の気が引いた。

「それは……っ、そ、そう、そうですが、でも……！」

「うろたえるな。あの楼主は敷地に無断で忍び込んで、うちの店に暴漢までけしかけてるんだ。実際に楼主から暴行されたのはお前の方だし、情状酌量の余地はない。それよりも、本気で嫌ならお前はきちんと抵抗することがわかって安心した」

また唇が重なって、清は小さく息を呑む。口づけはすぐにほどけ、代わりに正嗣の吐息が唇に触れた。

「嫌なら抵抗してくれ。この家や俺が気に入らなければ言ってほしい。もちろん、ここを出ても路頭に迷わせるようなことはしない。遊郭からお前を連れ出したのは俺だからな、責任を持って面倒は見る。お前がどうしたいか聞かせてくれ」

清が胸に抱えていた不安を綺麗に払拭する言葉を口にして、正嗣は眉を下げる。

「最初からこうやって、お前の気持ちを聞けたらよかった。でも、もしここにいたくないとはっきりお前に言われたらと思うと、心がくじけた」

軍人失格だ、と自嘲気味に呟かれ、清は小さく首を横に振った。

胸の内を言葉にするのは難しい。相手からの反応を想像して、怯えて、清だって今日までろくに自分の気持ちを口にできなかった。

でも、正嗣はこうして本当のことを言ってくれた。自分も不安はすべて口にしてしまおう。たとえそれが、できれば直視したくない類の懸念であっても。

「僕は、一成様が僕たちのことをなんとおっしゃるのかが心配です。跡取りの問題もありますし……」

正嗣と強引に引き離されたらと思うと不安でたまらなかったが、意外なことに正嗣はその点をほとんど問題視していないようだった。

「跡取りなら兄がどうにかしてくれる。もともと俺は次男だからな。兄が所帯を持つのなら、早晩この家は出ていくつもりだ。父がお前を気に入らないとしても二人でこの家を出ればいいだけの話だろう。さっきだって特に激しく反対されたわけでもないし、好きにしろということだと思うが」

正嗣は本気でなんの心配もしていない顔で言ってのける。強がりではないかとその顔を覗き込んでみるが、平然と見返されて肩の力が抜けた。

自分のせいで家族の縁が切れてしまったらと思うと気が気でなかったのだが、正嗣はまったくそんな心配をしていないらしい。

安堵して脱力したら、正嗣にしっかりと抱きしめ直された。

「この手を振り払わないということは、これからも俺の傍らにいてくれるのか？」

正嗣が囁くたび唇に息がかかる。清は束の間ためらってから、思いきって背伸びをして、自ら正嗣の唇を奪った。

軽く目を見開いた正嗣を見上げ、シャツの裾を握りしめる。

「僕も、ここにいたいです。正嗣様のおそばにいたいです」

本心が伝わることを祈って口にすれば、正嗣の両手に左右の頬を包まれて、そのまま深く口づけられた。先ほどまでの触れるだけのそれとは違う。唇の隙間から熱い舌が侵入してきて、息と一緒に舌先を吸い上げられる。

「ん……っ、ぅ」

慣れないながら、清も懸命に口づけに応えた。頬に添えられていた正嗣の手が首の裏へ移動して、長い指で襟足を撫で上げられる。

「……確かめていいか」

唇を合わせたまま囁く声は甘く、どうやって、なんて野暮な質問をする必要もなかった。

顔を赤らめ頷くと、足を払うようにして横抱きにされた。とっさに正嗣の首に抱きつけば、そのまま隣の寝室へ運ばれる。

あとはもう、恥ずかしがっている暇もない。正嗣は清を床に降ろすと押し入れから布団を引っ張り出し、清をそこに押し倒してしまう。

「あ、の……っ、あ……っ、ぁ……っ」

大きな体がのしかかってきたと思ったら、首筋に柔らかく歯を立てられた。喉元を甘噛みされ、きつく吸いつかれて、小さく震えているうちに寝間着も下帯もすべて取り払われる。正嗣の弾んだ息が素肌に触れて、体の芯に痺れるような震えが走った。

正嗣は乱暴な手つきで自身のシャツのボタンを外すと、身につけているものを躊躇なくすべて脱ぎ捨てた。鋼を叩き上げて作ったような体を目の当たりにして視線を泳がせていたら、再び身を倒してきた正嗣に唇をふさがれる。

重くて熱い体に押しつぶされてのぼせそうだ。息を奪うような口づけに酸欠を起こしそうになる。でも気持ちがいい。腕を伸ばして恐る恐る正嗣の背中に回すと、ぐっと腰を押しつけられた。

自分だけでなく正嗣のそこももうすっかり硬くなっていて、軽く腰を揺すられると剝き出しになった互いの雄がこすれ合う。唇を合わせたまま下肢を押しつけ合えば、すぐにどちらのものともわからない先走りが溢れた。

「ん……っ、ぁ、あ……っ、ま、正嗣様、や……、ま、待って……っ」

ゆるゆると腰を揺すられているだけなのに、もう限界が見えてきて清は焦る。ぬるついた感触がたまらなくて喉をのけ反らせれば、喉元に正嗣が唇を寄せてきた。

「こんなに感じやすい体で、今までどうやって座敷に上がっていたんだ……？」

低い声にいくばくかの苛立ちが滲んでいて、清は目を瞬かせる。快感でぼやけた頭ではとっさに意味を摑み損ね、ようやく自分が妓楼で客を取っていると正嗣に誤解させたままだったことに気がついた。

「ち……っ、違うんです、あの、僕は……っ」

弁解しようとしたら、正嗣の手が下肢に伸びて互いの屹立をまとめて摑んできた。ゆっくりと上下に扱かれて、喉元まで出ていた声が甘く砕ける。

「いや、すまん。この話はもう二度と蒸し返さない。過去はどうあれ、この先こんなお前の姿を見るのは俺だけだ」

面を上げてそう呟いた正嗣の目は、独占欲もあらわにぎらぎらしていた。怖いのに目を逸らせない。普段はあまり欲を見せない正嗣にこんな顔をさせているのは自分なのだと思うと、息苦しいほど胸が高鳴った。

その顔に見惚れていたら屹立を扱く正嗣の手に力がこもって、清は顎を跳ね上げる。

「あ、あ……っ、ま、正嗣様、僕……ぁっ」

うん、と頷くものの、正嗣が清を追い上げる手を止める気配はない。

清は正嗣の背中に爪を立て、余裕のない声で訴えた。

「僕、お、お客を取ったことなんて、一度もありません……！」

「昔のことは気にしないと言っただろう、嘘をつかなくても」

「嘘ではなく、お座敷に上がったのだって、正嗣様にお酌をしたあの一回きりです！」

必死で言い募る清を見て、正嗣は怪訝そうな顔になる。

「だが、以前は俺に、仕事で慣れていると」

「そ、そう言わないと、正嗣様が触れてくれない気がして……」

「妓楼でも女物の着物を着せられていただろう」

「それは、あの日水揚げをされる予定だったからです。楼主に手ほどきをしてもらって、今後はお客を取るようにと……。でも、その前に正嗣様が来てくれたので」

「なら、俺しか知らないのか」

正嗣が清の言葉尻を奪う。頷くと、がぶりと唇に嚙みつかれた。驚いて声を上げたら唇の隙間から正嗣の舌が押し入ってきて、音が立つほど激しく唇を貪られる。さんざんに口の中を蹂躙（じゅうりん）され、唇が離れる頃にはすっかり息が上がっていた。

肩で息をする清を見下ろし、正嗣は細く長い息を吐く。

「過去のことなど気にしないと、度量の広いところを見せたかったんだが……駄目だな、浮かれてしまう」

浮かれているにしてはあまりにも低い声で呟いて、正嗣は止めていた手を再び動かし始めた。ぐずぐずと湿った音が部屋に響いて、羞恥で清の顔が赤くなる。顔を背ければ、耳朶に正嗣の唇が触れた。

「この先も、俺にだけ見せてくれ」

たっぷりと執着を含ませた声で囁かれて腰が震えた。普段は抑揚の乏しい正嗣が、こんなに熱っぽい声を出すなんて知らなかった。

「あ、あっ、あ……っ」

大きな手で上下に扱かれ、耳朶に歯を立てられて爪先が丸まる。息を弾ませた正嗣に、「清」と名前を呼ばれれば耐えきれず、清は正嗣の背中にしがみつくようにして吐精した。

間を置かず正嗣も低く呻いて、腹に温い体液が滴る。

肩で息をしていると、窄まりにとろりと濡れた指が触れた。あ、と小さく声を上げると、同じように息を荒くした正嗣が顔を上げる。

こちらを見下ろす正嗣の目には欲望がくすぶって、まだちっとも満足していない。現に清の内腿に触れる正嗣の性器は、達したばかりとは思えないくらい硬いままだ。

しかし清と視線を合わせた正嗣は我に返ったような顔になり、奥歯を噛んで清から身を離そうとしてしまう。前回、清が苦しそうにしていたことが忘れられないのだろう。

思うよりも先に、清は自ら腕を伸ばして正嗣の体を引きとめていた。

正嗣が驚いたようにこちらを見る。その視線から逃れるように、清は赤くなった顔を正嗣の胸に押しつけた。

「つ……続きは、なさらないんですか……」

「したいが」と照れもなく返してから、正嗣は低く唸った。

「お前はほとんど経験がないんだろう？　これ以上無理をさせるのは……」

「無理なんてしてません」

さすがに恥ずかしくて早口になった。でも本当のことだ。

このまま正嗣が離れてしまうのは淋しい。あの嵐のような激情をもう一度この身で受け止めたくて、清は掠れた声で呟いた。

「……本当に嫌なら、抵抗します」

短い沈黙の後、ふ、と正嗣が笑う気配がした。直後、色づいた耳を食まれて息を吞む。

「そうだな、お前は本気で嫌なら抵抗してくれるんだったな」

指先が再び窄まりに触れた。確かめるようにぐるりと縁をなぞった指が、ゆっくりと中に押し入ってくる。

「俺が暴走したら止めてくれ」

「は……っ、あっ、は……っ、い……」

狭い場所をかき分けて指が入ってくる息苦しさに堪えながら、清は律儀に返事をする。

ごつごつとした長い指を根元まで呑み込み、息をついたところで唇を軽く吸われた。

「今度から、眠るときは枕元に軍刀を置いておこう」

「……えっ、な……ぁ……っ」

「必要とあらば抜いていいぞ」

軍刀なんて物騒な言葉が飛び出して、とんでもないとばかり清は首を横に振る。

頬に正嗣の唇が触れ「遠慮するな」と囁かれた。本気なのか冗談なのかわからない。戸惑っていたら指を抜き差しされて、切れ切れの声が漏れた。

「あ、あ……、ぁ……っん」

「辛いか？」

清は首を横に振る。むしろ初めてのときよりも苦しくない。痛くもない。ただ、柔らかな内側を指で押し上げられると、ときどき爪先に痺れが走る。臍の裏を引っ掻かれるようなむずむずした感触だ。

「や、あ……っ、あ、んん……っ」

怖くなって正嗣の首に腕を回すと、応えるように頬やこめかみに唇を押し当てられた。

甘やかすようなその仕草に少しだけ不安が溶ける。

「こっちも触っていいか？」

正嗣の手が屹立に触れ、清は高い声を上げる。内側を押し上げられるときに感じるピリピリとした未知の感覚が、一瞬で快感に塗りつぶされた。

「あ、や……っ、あぁ……っ！」

「嫌か？　こっちは？」

浅いところで指を出し入れされ、清は唇を戦慄かせた。

腹の底から噴き上がってきたのは明確な快楽だ。前回はこんなふうに感じなかったのに。ごまかそうにも、涙交じりの声が甘く溶けていくのを隠せない。

正嗣は清の声や反応を窺いながら、奥を探る指を慎重に増やす。

指の腹で柔らかな内壁をこすられると、腹の底がぐずぐずと溶けていくようだ。奥が疼く。前回の正嗣の熱を、きちんと体が覚えている。

「ま……正嗣様……まさ……っ……」

息も絶え絶えにその名を呼ぶと、深々と埋められていた指を引き抜かれた。清の腰を抱えた正嗣が、深く身を倒して清の顔を覗き込んでくる。

「……いいか？」

鼻先がぶつかる距離で問われ、言葉もなく何度も頷いた。窄まりに熱い屹立が押しつけられ、清は両腕を正嗣の首に絡ませたまま喉をのけ反らせる。

「あ、あ……あ——……っ」

狭い場所をかき分けてくる熱の塊に、内側からドロドロと溶かされる。痛いより苦しいより、蕩けた場所をずっしりと重量のあるものに満たされる充足感に背筋が震えた。もうまともに目も開けていられない。汗ばんだ正嗣の肩に顔を押しつけ、回らない舌でその名を呼ぶ。

じりじりと腰を進め、最奥まで屹立を埋め込んだ正嗣が深く息を吐いた。

「……清、大丈夫か？」

ぼんやりと潤んだ視界に正嗣の顔が映り込み、清はとっさに顔を背けた。正嗣の首に回していた腕も解いて、両手で自身の顔を隠す。

「どうした、どこか痛むのか？」

気遣わしげに声をかけられ、清は両手で顔を覆ったまま首を横に振った。

「……や……っぱり、う、後ろから、に……して……っ、ください……」

くぐもった声でしゃくり上げるように訴えると、なぜ、と問い返された。

「か……顔、を……」

見せられない、と続けようとしたら、指先に正嗣の唇が押しつけられた。

「……清、見たい」

囁くような声で乞われ、清は小さく喉を鳴らした。

「苦しい顔を隠さないでくれ。これ以上、お前に無体を働きたくない」

違います、と掌の下で呟いたが、きっと正嗣には聞こえなかっただろう。正嗣は繰り返し清の指先に唇を押し当て、「頼む」と真剣な声で言う。

人差し指の関節を柔らかく噛まれ、清はおずおずと掌をどけた。

心配そうにこちらを覗き込んでいた正嗣が軽く目を見開く。それを見て、やはり見せるのではなかったと唇を噛んだ。

見せたくなかった、こんな顔。

きっと今、自分は快楽で蕩けたひどい顔をしている。

「み……見ないで……」

涙声で訴え、再び顔を隠そうとしたができなかった。それより先に正嗣が清の唇をふさいできたからだ。声を出そうにも、口を開ければ容赦なく舌が入ってきてどんな言葉も搦め捕られてしまう。深い口づけに陶然としていたら、腰を揺すり上げられて息を詰めた。

「……っ、ぅ……っ、ん……っ、あ、あぁ……っ！」

唇が離れた瞬間、甘ったるい声が漏れてしまった。顔を隠そうにも正嗣が清の唇をついばんでくるので叶わない。その間も緩やかに揺さぶられ、清はきつく目をつぶった。

「ちゃんと見せてくれ」

息を弾ませながら正嗣が言う。どこか機嫌のよさそうなその声に、清は恐る恐る目を開けた。

「前にこうして体を重ねたときは、お前が泣いているんじゃないかと思って、まともに顔を覗き込む勇気もなかった」

視界が涙で濁ってよく見えない。何度も瞬きをすると目の端からぽろりと涙が落ちて、ようやく正嗣の顔が鮮明に見えるようになった。

至近距離から清の顔を覗き込んだ正嗣が、わずかに目を細める。

「こんな泣き顔なら、何度でも見たい」

しっかりと腰を摑まれたと思ったら深々と奥を穿(うが)たれ、清は背中をしならせた。

「あっ、ん、んん……っ」

「もっと見せてくれ」

ねだるような声が甘い。聞いたことのない声だ。きっと閨でしか聞けないのだろうと思ったら、尾骶骨(びていこつ)から背骨に向かって甘ったるい痺れが走った。繰り返し揺さぶられ、突き上げられて、体の奥が甘く蕩けていく。気持ちがいい。

「清、もっと」

唇の先で囁かれ、嚙みしめていた唇がほどけた。同時に力強く突き上げられ、正嗣の背中にしがみつく。もう声を殺している余裕もなかった。特別感じる場所を突き崩されて、清は全身を硬直させる。

「あっ、あ……っ、あぁ……っ！」

目の前が白むほどの快感に呑み込まれて、清は痙攣するように体を震わせた。

震える体をかき抱かれ、耳元で低い呻き声を聞いた、気がする。そのときにはもうほとんど意識が飛んでいたのでよくわからない。

目尻からこぼれた涙を柔らかな唇で受け止められた感触を最後に、清は正嗣にすべて委ねて意識を手放した。


淡い水色の金平糖に似た春の空。

縁側の雑巾がけをしていた清は掃除の手を止め、穏やかに晴れた空を見上げる。

まだかまだかと春を待っていたつもりが、いつだって気がつけば季節は先に進んでいる。

昨日までは確かに、身を切るような冷たい風が吹いていたはずなのに。

廊下に膝をついて空を見上げていたら、背後から「清」と声をかけられた。振り返れば、着物姿の正嗣が茶の間に立ってこちらを見ていた。今日は仕事も休みなので、のんびりした様子で縁側に歩いてくる。

清と一緒に縁側に出た正嗣は「今日は暖かいな」と空を見遣る。

「せっかくだ、茶でも持ってこよう。そろそろお前も休憩した方がいい」

「あ、だったら僕が……」

慌てて立ち上がろうとしたが、正嗣に緩く首を振って止められた。

「お前は働きすぎだ。引っ越しの準備も片づけも全部自分でやってしまっただろう。少しは俺にも手伝わせろ」

踵を返して台所に向かう正嗣を呼び止めようとして、やめた。無理に止めると正嗣が「俺には任せられないのか」と若干がっかりした顔をするからだ。ありがたく茶の準備は任せることにして、清は手早く掃除用具を片づけた。

羽田家から歩いて通える距離にある小さな家に、清と正嗣の二人が越してきたのはほんの数日前のことだ。羽田家の離れとさほど大きさの変わらないこの家に、使用人を置くこともなく二人だけで住んでいる。

前々から、直久が所帯を持ち次第家を出る心づもりでいたらしい正嗣は、年明け早々に直久が見合いをすると、その結果を待つこともなく家を出る準備を始めた。直久からは「正式に話がまとまってからでも遅くないよ」と止められたようだが、正嗣の意志は固かった。

もともと家を継ぐつもりもなかったことに加え、あの場所はすでに楼主に知られている。巡査に引き渡された楼主は余罪を追及され、しばらく表に出てくることもなさそうだが、念には念をと言ったところだろう。

羽田家の使用人たちは「相変わらず正嗣様は清に甘い」「過保護が過ぎる」などとはや

していたが、引っ越しの際は家具を持ちだす手伝いをしてくれ、清にも「新しい家でも頑張りな」と声をかけてくれた。

一成だけは最後まで清たちになんの声もかけてくれず、やはり自分と正嗣が一緒にいることを認めていないのではと思ったが、引っ越してきてから数日後、この家を手配してくれたのは一成だと正嗣から聞かされて仰天した。

「清と一緒に住む家を探していると言ったら、ちょうどいい家があると紹介してくれたぞ」なんてけろりとした顔で正嗣に言われたときは、一成の行動をどう解釈すればいいのかわからず頭を抱えたものだ。

真剣に悩む清に「父が何も言わないのは反対していない証拠だ」と正嗣は言った。反対していない、ということと賛成していることが同義になるわけではないが、清には理解できない家族間の暗黙の了解があるのかもしれない。

掃除道具を片づけて戻ると、すでに正嗣が縁側に腰かけて清を待っていた。その傍らには緑茶の入った湯呑が二つと、かりんとうまで用意されている。

「お菓子まで用意してくれたんですか？　ありがとうございます」

いそいそと正嗣の隣に腰かけた清は、早速湯呑に手を伸ばす。「火傷するなよ」と声をかけてもらえるのが嬉しくて、はい、と笑顔で返事をした。

「そういえば、最近兄からそろばんを教わっているそうだな」

ポリポリとかりんとうを食べていた清は、片方の頬を膨らませたまま頷いた。

幼い頃から下働きばかりでろくな教育を受けていなかった清は、読み書きそろばんがほとんどできない。そんなことを引っ越し前にぽろりと直久に漏らしたら、「僕が教えてあげようか」と声をかけてもらえたのだ。

これまでは体調不良が半分、ひ弱な自分に対する情けなさ半分で部屋にこもりがちだった直久だが、清に勉強を教えるようになって以来、自室から出てくることが多くなった。その名残で、清は今も週に一度直久のもとに通って勉強を教えてもらっている。

清はニコニコと笑いながら膝の上でそろばんをはじく仕草をしてみせた。

「読み書きはまだまだですが、そろばんはわかりやすかったです。ぴたりと計算が合うと面白いですね」

「お前は呑み込みが早いから教えがいがあると兄も褒めていたぞ」

「本当ですか？　嬉しいです！」

自分に勉強をする機会など巡ってくるとは思っていなかっただけに、学べることが楽しくて仕方ない。直久だけでなく、暇があれば正嗣にもあれこれ教えを乞うているくらいだ。

春先の柔らかな風が縁側を吹き抜け、正嗣が前髪の下で目を細める。

「もしお前さえよければ、そのうち店を手伝ってほしいとも言っていたな」

思ってもみなかった言葉に清は背筋を伸ばす。本当ですか、と窺うように尋ねると、もちろん、と柔らかく首肯された。

「……僕、どこかに働きに出ることなんてできないと思ってました」

呆然と呟くと、「なぜ？」と正嗣に笑われた。

「だって、学もないですし……」

「田舎から奉公に出てきた者なら、読み書きができないのも珍しくないぞ」

そうなのか。そんなことも知らなかった。知ろうともせず、遊郭で生まれ育った自分はあの場所でしか生きていけないのだと思い込んでいた。

周囲を高い塀で囲まれ、唯一の出口である大門の前には常に見張りが立っていたあの狭い世界から、確かに自分は出てきたのだ。改めてそう実感した。

初めて遊郭を出た日の驚きを、きっと自分は一生忘れないだろう。

まばゆいばかりの外灯、その下を行き来するたくさんの人たち。どこまで行っても塀に阻まれることのない長い長い道を正嗣と馬車で進んだ夜を思い出し、清は半分泣きべそをかいたような顔になった。

「いつか絶対、お店のお手伝いがしたいです。少しでも羽田家の皆さんのお役に立ちたいので」

湯呑に視線を落として清は呟く。だが、なぜか正嗣からの返事がない。

不思議に思って顔を上げると、それまで穏やかに清の言葉に耳を傾けていた正嗣が硬い表情でこちらを見ていた。

正嗣は無言で湯呑を盆に戻し、清の手からも湯呑を奪って傍らに置く。何をされるのかと思ったら横から正嗣の腕が伸びてきて、広い胸に抱き寄せられた。

「ま、正嗣様？」

無言でわしわしと頭を撫でられ目を白黒させていると、清の髪に鼻先を埋めた正嗣に、長々とした溜息をつかれた。

「張りきるのはいいが、仕事が楽しくなりすぎて俺を忘れることだけはしないでくれ。この前だって、兄に会いに行ったきりなかなか帰ってこないから肝を冷やしたぞ」

冗談かと思ったが、正嗣の声は真剣だ。ぐりぐりと髪に頬を押しつけてくる仕草は子供のようで、清の顔に笑みが浮かぶ。

「こんな甘えたな軍人さんなんて、見たことないですよ」

「当たり前だ。こんな姿、気心の知れた人間にしか見せられない」

開き直ったような言い草がおかしくて、清は正嗣の胸に凭れて笑う。正嗣にとって自分が家族のように心安い人間になれたのなら、これほど嬉しいことはない。

見上げた空は水色の金平糖を敷き詰めたような色だ。

日々降るような幸福に目を細め、「今日もいい日ですね」と清はのんびり口にした。

あとがき

自分の無知を思い知るたび、学生時代どれだけ勉強を疎かにしてきたのだろうと空恐ろしくなる海野です、こんにちは。

以前もあとがきに書いたのですが、学生の頃は日本史が苦手でした。にもかかわらず今回の舞台は明治時代！　前に大正時代の話を書いたときも苦しんだのに懲りもせず！

前回は大正時代を中心に資料を読み込んだものの、すでに記憶は忘却の彼方。これはもうちょっと本腰を入れて日本史を勉強し直した方がいいのでは？　と思い立ち、巷で評判のいい日本史の参考書を購入してみました。舞台となる時代だけでなく、もう少し時代を遡った方が理解も深まるかもしれないし。

ということで、今回は縄文時代から遡って勉強し直してみました。

「豪族かぁ……日本の歴史は根が深いなー」などと呟きながらページをめくっていたわけですが、気がついたら本文中に「明治時代」と明記することもなく物語の幕を下ろしており、勉強の成果はいかばかりか、と思わないでもないです。

それはさておき、今回のイラストは八千代ハル先生に担当していただきました。

八千代先生には先述した『大正異能恋奇譚～塔ヶ崎家ご当主様の秘密～』でもイラストを担当していただきました。あのときは、八千代先生の大正ロマンが見たい、という欲望で突っ走りましたが、今回は八千代先生の軍服が見たい、という欲望が最高のガソリンになりました。拝見したラフの軍服攻が格好よくてニッコニコしました。その隣にちょこんと収まる受も可愛くて最高です。ありがとうございました！

さらに今作はなんと、八千代先生のコミカライズも予定されております！　あまりに嬉しくて「楽しみだなー！」とゴロゴロベッドで転げ回っております。皆様にも是非ご期待いただけますと幸いです！

そして末尾になりますが、この本を手に取ってくださった皆様、本当にありがとうございます。金平糖を口に放り込んだようなほんのり甘いお話を楽しんでいただけましたら幸いです。

それでは、またどこかでお会いできることを祈って。

海野　幸

海野幸先生、八千代ハル先生へのお便り、
本作品に関するご意見、ご感想などは
〒101-8405
東京都千代田区神田三崎町2-18-11
二見書房　シャレード文庫
「軍人さんと金平糖」係まで。

本作品は書き下ろしです

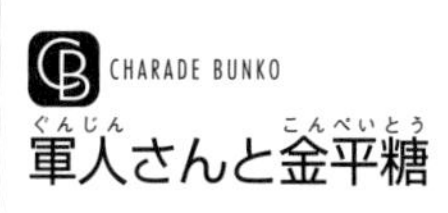

2023年1月20日　初版発行

【著者】海野幸

【発行所】株式会社二見書房
東京都千代田区神田三崎町2-18-11
電話　03(3515)2311[営業]
　　　03(3515)2314[編集]
振替　00170-4-2639
【印刷】株式会社 堀内印刷所
【製本】株式会社 村上製本所

落丁・乱丁本はお取り替えいたします。
定価は、カバーに表示してあります。

ISBN978-4-576-23007-8

https://charade.futami.co.jp/

今すぐ読みたいラブがある!

海野 幸の本

……なぜ、お前なんだろう

大正異能恋奇譚

~塔ヶ崎家ご当主様の秘密~

イラスト=八千代ハル

塔ヶ崎家の新入り使用人の圭太は当主の和臣に見出され彼の世話係に。和臣は代替わり早々に精神を病んで土蔵に隔離され、夜な夜な菜園を荒らすという。圭太は右も左もわからぬまま彼の手を引き、風呂の世話をし、手ずから食べさせ…身なりが整えば俳優並の美形の主が新米使用人を重用する、その驚きの理由とは⁉